dtv

Heiligabend ohne die Mutter – so hatten die beiden Schwestern und ihr Vater sich das Fest der Liebe nicht vorgestellt. Doch niemand konnte ahnen, dass die Mädchen ausgerechnet an Masern erkranken, als die Mutter eigentlich mit dem neugeborenen Brüderchen nach Hause kommen sollte. Gleich drei Tanten hören den Hilferuf und reisen an, um der Familie beizustehen. Und alle drei können wunderbar erzählen …
Die schönsten Weihnachtsgeschichten von Lise Gast sind hier in einem Band zusammengestellt.

*Lise Gast* (eigentlich Elisabeth Richter), am 2. Januar 1908 in Leipzig geboren, am 27. September 1988 in Lorch gestorben, war Landwirtschaftslehrerin, Schriftstellerin und Übersetzerin. Sie schrieb zahlreiche Romane, Kinder- und Jugendbücher.

# *Wunder im Schnee*

und

# *Besuch am Heiligabend*

Die schönsten Weihnachtsgeschichten

von

Lise Gast

Deutscher Taschenbuch Verlag

Von Lise Gast
ist im Deutschen Taschenbuch Verlag erschienen:
Kleines Licht im Dunkeln (dtv großdruck 25256)

**Ausführliche Informationen über**
**unsere Autoren und Bücher**
**finden Sie auf unserer Website**
**www.dtv.de**

MIX
Papier aus verantwortungsvollen Quellen
FSC® C019821
www.fsc.org

Ungekürzte Ausgabe 2013
Deutscher Taschenbuch Verlag GmbH & Co. KG,
München
Der vorliegenden Ausgabe liegen die Bände
›Wunder im Schnee‹ und ›Besuch am Heiligabend‹
zugrunde.

Umschlagkonzept: Balk & Brumshagen
Umschlaggestaltung: Wildes Blut,
Atelier für Gestaltung, Stephanie Weischer
Gesetzt aus der Stempel Garamond 13/17·
Gesamtherstellung: Druckerei C. H. Beck, Nördlingen
Gedruckt auf säurefreiem, chlorfrei gebleichtem Papier
Printed in Germany · ISBN 978-3-423-25344-4

# *Wunder im Schnee*

# Anfang im Kinderland

Vater saß an Mutters Bett in dem hellen, ein wenig nüchternen Klinikzimmer und rieb ratlos die Hände zwischen seinen Knien. Es roch nach Zentralheizung, Bohnerwachs, nach einer Spur Desinfektionsmittel und der lauen, süßen Wärme, die um kleine Kinder ist. Das Kindchen, unser vor ein paar Tagen geborener Bruder, war soeben von der Jungschwester hinausgetragen worden, sattgetrunken und schon wieder eingeschlafen.

Mutter sah Vater an und lachte.

»Nun lass den Kopf nicht hängen! Masern – was das schon ist! Auf keinen Fall etwas Lebensgefährliches. Freilich, nach Hause kommen kann ich mit unserem kleinen Goldjungen nun nicht. Aber es ging ja auch die letzte Woche ohne mich, wie du beteuert hast – oder?«

»Doch, doch, mach dir nur ja keine Sorgen. Aber übermorgen ist …«

»Weihnachten, ich weiß«, sagte Mutter sanft. »Und die beiden Mädchen müssen im Bett bleiben, im verdunkelten Zimmer; sie husten wahrscheinlich wie Ortsarme und heulen wie die Kettenhunde. Stimmt's?«

Um Mutters Gesicht strahlte trotz dieser Worte das Glück so unwiderstehlich, dass auch Vater lachen musste. Er verstand, wie sie es meinte: manche Dinge kann man eben nur mit Humor nehmen. Denn Mutter fiel es zweifellos noch schwerer als ihm, Weihnachten ohne uns zu begehen, ohne ihre beiden zärtlich geliebten Töchter – damals elf und zwölf Jahre alt. Sie wollte es nur nicht merken lassen, um Vater und uns das Ganze nicht noch zu erschweren.

»Man kann nicht alles haben im Leben«, sagte sie liebevoll. »Einen kleinen

Bruder, den man durch Jahre heiß ersehnte, die Mutter daheim, ein Weihnachten mit allem Glanz und …«

»Und die Masern«, ergänzte Vater kläglich.

Nun lachten sie beide.

»Mach ihnen das klar«, sagte Mutter dringlich und herzlich. »Man kann so etwas nicht früh genug lernen. Freilich ist es hart. Aber wart einmal …«

Nun müsste man eigentlich unsere Mutter kennen, um die Situation ganz erfassen zu können. Nirgends, bei keinen Schulkameraden oder Bekannten, war Weihnachten so wundervoll und strahlend wie bei uns. Nie sah Mutter so schön aus, fanden wir, wie wenn sie, ein geheimnisvolles Lächeln um die Lippen, morgens an unsern Betten stand, eine vergoldete Nuss in der Hand, oder wenn sie ein paar Blautannenzweige in einer Vase ordnete, die den bitteren Duft ferner, sehr ferner Wälder herantrugen, Wälder, an deren Rand Mutter aufgewachsen war.

Mutter stammte aus dem Baltikum. Sie sprach noch ein wenig so, wie die Leute dort sprechen und wie keine andere Mutter, die wir kannten, sprach: ein wenig singend, mit einem leicht rollenden R, an manchen Stellen hörte sich das G wie J an, und keine andere Stimme vermochte so zu modulieren wie Mutters Stimme mit dem baltischen Klang. Wie oft haben wir sie den dreiteiligen Satz sagen hören, wenn Besuch kam: »Wie reeizend!« – ganz hoch gesprochen – »Kommen Sie hereein!« – Mittellage – »Nehmen Sie Platz!« – warm, tief, beruhigend.

Als ich das erste Mal bei einer Freundin erlebte, dass dort überraschender Besuch kam und die Mutter des Hauses diesen Satz nicht sagte – ich kann nicht schildern, wie tief mich das verwunderte und enttäuschte. Nein, eine richtige Mutter, unsere Mutter, musste einfach so und nicht anders sprechen.

Ja, und diese Sprache, diese Herzlichkeit, diese Mutter sollten wir also über

Weihnachten entbehren, Vater, Brita und ich! Es war wirklich, trotz des Glücks über das Brüderchen, schwer zu verkraften für uns alle.

Mutter sah Vater nachdenklich an.

»Wir müssen eine Ersatzmutter finden«, sagte sie. »Lass mich überlegen. Was meinst du zu Irma, soll sie herkommen? Depeschiere ihr, jetzt sofort. Vielleicht ist sie allein, ihr jüngster Sohn hat im Oktober geheiratet. Oder Valentine? Sie würde auch einspringen, sie tut alles, worum ich sie bitte. Und Traude wollte, soviel ich weiß, auch bei uns sein über das Fest.«

Wir hatten immer viel Besuch. Die Gastfreundlichkeit der östlichen Länder war Mutter eine Selbstverständlichkeit, auch an hohen Festtagen, ja gerade an hohen Festtagen. Vater, anders aufgewachsen und auch von Natur aus schwerfälliger als Mutter, war nun schon gewohnt, dass sie großzügig einlud und aufnahm, was an Verwandtschaft »anfiel«, genau wie es damals und dortzulande in den weitläufigen Guts- und Pfarrhäusern üblich gewesen war. Dort kam man, wenn man kam, mindestens für eine Woche, manchmal für Monate; und mitunter war es geschehen, dass eine Verwandte, ein Tantchen oder Ohmchen, eines Tages kam und überhaupt blieb – bis zu ihrem seligen Ende, wie es im Märchen heißt.

Ja, märchenhaft mutet einen manches an, was dort selbstverständlich war; so lernte ich später einmal eine Familie kennen, die aus dem Baltikum kam und sieben Kinder besaß. Nach langer Zeit und nur durch Zufall erfuhr ich, dass fünf davon eigene, zwei aber adoptiert waren. Ich fragte danach. Die Antwort war überraschend und, wie ich fand, für den Durchschnitt der Menschen, mit denen man sonst umgeht, ein wenig beschämend.

»Sie haben keine Eltern mehr«, sagte der Vater, »da haben wir sie angenommen. Es ging uns damals so verzweifelt schlecht, dass wir dachten, schlechter könnte es sowieso nicht werden …«

»Und die beiden sind sozusagen unsere Prachtstücke geworden«, fügte die dazugehörige Mutter stolz und eifrig ein, »so tüchtig – und fast hübscher als unsere. Finden Sie nicht?«

So hätte auch Mutter gehandelt. Es ist ein gastliches Land, aus dem sie stammt …

Nun also wurden zu jenem Weihnachten Valentine, Mutters Freundin, und ihre Kusine Irma eingeladen. Vater telegrafierte vorsichtshalber an beide, und beide kamen, zufällig sogar mit demselben Zug. Am gleichen Tag traf auch Traude ein, eine Kusine von Vater, jung, sehr reizend aussehend, von Beruf Gymnastiklehrerin.

Plötzlich hatten wir drei Ersatzmütter, und was für nette! Ein wenig abwartend noch, ob sie sich auch auf ein richtiges Feiern verstehen würden, betrachteten wir sie. Aber schnell wich jeder Argwohn einer herzlichen Zuneigung. Die Tanten waren, jede in ihrer Art, so, dass man sie einfach lieb haben musste. Tante Irma, die Baltin, war groß, schmal und lebhaft, aber von jener Lebhaftigkeit, die nie nervös macht. Sie hatte lange, schön geformte Hände und helle Augen, die aussahen, als wären sie gewöhnt, über weite Flächen zu schauen.

Tante Valentine dagegen war eine richtige Kindermutter, rundlich, fröhlich, vernünftig, zupackend und lachlustig. Sie gehörte zu jenen Frauen, die sich immer gleich bleiben – ob sie dreißig, fünfzig oder siebzig Jahre alt sind.

Tante Traude sah aus wie ein Page, schlank und biegsam, nicht sehr groß, mit kurzem, merkwürdig nach oben strudelndem Haar um das pfiffige Gesicht, und sie ging immer ein wenig eigenwillig gekleidet. Nie habe ich vorher oder später jemanden gesehen, der bunte Hosen, eng oder weit, mit solch selbstverständlicher weiblicher Grazie trug.

Diese drei Ersatzmütter also, an sich

sehr unterschiedlich, glichen sich in einem Punkt aufs Haar: sie konnten wunderbar erzählen. Und da wir beiden Masernkinder im abgedunkelten Zimmer bleiben mussten und nicht lesen durften – wir waren damals schon beide eifrige Leseratten –, so quälten wir sie unausgesetzt darum, dass sie uns etwas erzählten.

Die Tanten ließen sich nicht bitten. Natürlich wollten wir von Weihnachten hören, das lag ja nahe. Die drei schönsten Geschichten, die wir erzählt bekamen, habe ich später, als ich wieder schreiben durfte, in ein Schulheft geschrieben. Möglichst genau so, wie ich sie gehört hatte. Ich wollte sie, wenn ich selbst einmal Kinder hätte, diesen vorlesen können. Vielleicht aber sind es Geschichten, die nicht nur Kindern, sondern auch Erwachsenen Freude machen.

# I

Die erste Geschichte stammt von Tante Irma, und ich habe mich bemüht, sie Wort für Wort festzuhalten. Leider kann ich den Tonfall nicht wiedergeben, aber wer Balten kennt, hört ihn vielleicht heraus. Das Verzaubernde daran war natürlich, dass wir sie von jemandem hörten, der dabei war, wirklich und leibhaftig dabei. Es war keine ausgedachte, vielmehr eine wahre, erlebte Geschichte; dieselbe Tante, die jetzt an unserem Bett saß, hatte in jenem Schlitten gesessen, hinter dem die Wölfe herjagten, und hatte die kleine, lebendige Rose im Schnee gefunden, die ihr das Weihnachtswunder offenbarte.

Wir lauschten atemlos – Brita und ich –, und deshalb haben wir wohl auch kein einziges Wort überhört oder vergessen. Und dazu der geliebte und vertraute baltische Klang in Tante Irmas Stimme! Tief, tief prägte sich uns ein, was sie erzählte.

## *Wunder im Schnee*

Als ich ungefähr so alt war wie ihr, wohnte ich mit meinen Eltern und meinen Geschwistern nicht in Deutschland, sondern in Kurland. Dort, wo die Küste ein Stück direkt von Norden nach Süden geht, lag unser Pastorat, nicht ganz an der See, etwas landeinwärts. Dörfer gibt es dort nicht, jeder Hof liegt für sich, auch das Pastorat. Dafür besitzt es alles, was man braucht: Äcker und Wiesen, Scheunen und Ställe. Bis zur nächsten Stadt waren es sechzig Werst, also etwa fünfundsechzig Kilometer. Dorthin fuhren wir mit den Pferden, wenn es nötig war. Natürlich nur dann. Bei unnötigen Kleinigkeiten, etwa, wenn eins von uns Zahnschmerzen hatte, wurde natürlich nicht sofort eingespannt.

Wo wären wir denn da hingekommen!

Bei Zahnschmerzen machte meine Mutter es so: sie gab uns einen Esslöffel Schnaps. Den sollten wir so lange im Mund behalten, bis der schmerzende Zahn betäubt war, und dann mussten wir ihn wieder ausspucken. Meist haben wir ihn »aus Versehn« hinuntergeschluckt, obwohl er uns eigentlich gar nicht schmeckte. Aber Schnaps, das war doch etwas für Erwachsene und deshalb heimlich sehr begehrt.

Manchmal warteten wir auch, bis zwei oder drei derartige Dinge zusammenkamen, ein eitriger Finger etwa, ein schlimmer Zahn und ein angeknackster Fuß. Mutter war außerdem ein halber Arzt. Ihr konnte man sich schon anvertrauen. Sie bedokterte die ganze Gemeinde.

Aber ich will ja von Weihnachten erzählen, von dem ersten Weihnachten, da ich verheiratet war. Johannes und ich hatten im Oktober Hochzeit gefeiert, wir waren Nachbarskinder, obwohl so und so viele Werst zwischen uns lagen, zwischen unsern beiden Pastoraten. Wir waren beide Pastorskinder, und Johannes hatte soeben seine erste Pfarrstelle erhalten. So kam ich von einem Zuhause ins andere, und es gibt sicher nicht viele Menschen, denen das beschieden ist.

Ja, wie wir uns kennenlernten, das war auch lustig. Ich war damals noch sehr jung, kaum neunzehn. Da hatten wir eine Sprengelsynode bei uns gehabt, auf der sich die Familien trafen, die Herren zur Besprechung der Amtsschwierigkeiten, die Frauen zum Vorlesen und Musizieren und die »Kinder« zum Spielen. Solange wir noch klein waren, spielten wir Ritschratsch oder Versteck. Als wir größer wurden, lasen wir Theaterstücke mit verteilten Rollen, stellten Scharaden oder tanzten.

Damals also lernte ich Johannes kennen.

Meine Mutter hat mich oft damit geneckt, dass ich gesagt habe oder gesagt haben *soll*: »Ich möchte so gern einmal nach Idenbach, dort haben sie einen so süßen Esel.« Sie hatten wirklich einen, meine Eltern und Geschwister aber bezogen das auf Johannes.

Nun muss man sich ein baltisches Pastorat ganz anders vorstellen als eine Pfarre in Deutschland. Wir waren der größte Bauer in der Gemeinde, über uns nur der Patron, der Gutsherr. Der fuhr vierspännig, wir mit drei Pferden. Das dritte lief seitlich neben den zwei anderen und hieß der Priprasch. Autos gab es nicht. Wir haben sie nicht entbehrt.

Manches war noch beinahe unglaublich einfach. So bekam mein Vater sein Gehalt noch zum Teil in Fischen ausgezahlt. Im Sommer setzte ich mich oft, auch schon mit neun Jahren, in aller Frühe aufs Pferd und ritt an die See: die war etwa drei Werst entfernt. Dort sah ich über das morgendliche Meer, strengte meine Augen an und wartete, bis die Fischer herankamen. Sie hatten abends ihre Netze ausgelegt und sie früh geleert. Nun brachten sie die silbernen Strömlinge mit, die es mittags geben sollte, reichten mir das Netz in den Sattel herauf und nannten mich Preilenit, das heißt Fräuleinchen, und Azting, Äuglein – lauter gleichzeitig ehrfürchtige wie zärtliche Bezeichnungen, an denen ihre Sprache ja so reich ist.

Nun also hatte Johannes selbst ein Pastorat, und ich war nicht mehr das Kind, sondern die Frau des Pfarrers. Das war neu und trotzdem wie ein Kleid, das Mutter schon getragen hat und in das man mit Herzklopfen hineinschlüpft, voller Bangnis und heimlicher Erwartung.

Wir hatten zwei Gemeinden zu versorgen. Meist wurde am Heiligen Abend lettisch gepredigt und am ersten Feiertag deutsch und lettisch. Wir sprachen natürlich beides fließend von Kind auf. Am ersten Feiertag nach dem Gottesdienst kamen dann alle Gutsleute der Nachbarschaft zu uns zum Essen. Die Pferde wurden auf dem Kirchplatz angebunden, da stand Schlitten neben Schlitten. Vor Weihnachten schlachteten wir, und dies war dann unsere größte und festlichste Einladung. Mitunter waren wir fünfzehn Personen zu Tisch, manches Mal auch zwanzig. An nichts brauchte gespart zu werden. Es war *das* Fest des Jahres.

Unser Pastorat lag ein wenig abseits, sogar für dortige Verhältnisse. Johannes hatte sich entschlossen, am Heiligen Abend in der zweiten Gemeinde zu predigen und am ersten Feiertag bei uns. So fuhren wir also am Vierundzwanzigsten mit dem Pferdeschlitten über Land, der andern Kirche zu.

Zu Hause hatten wir immer weiße Weihnachten. Dies Weihnachten aber war sozusagen besonders weiß – der Schnee lag sehr hoch. Es hatte eine Woche fast ununterbrochen geschneit. Ich weiß das, denn ich habe mein ganzes Leben lang Tagebuch geführt und jeden

Morgen das Wetter notiert. Das Wetter ist zu Hause wichtiger als hier in einer Stadtwohnung, wo man nur nach dem Barometer sieht, um zu wissen, ob man einen Schirm mitnehmen soll. Dort hängt man vom Wetter ab.

Wir mussten etwa zwei Stunden über Land fahren. Johannes kutschierte selbst. Wir steckten beide in dicken Pelzen und trugen Baschliks, das sind Zipfelmützen, die vorn an beiden Seiten in einen Schal auslaufen. Den wickelt man sich ums Gesicht, damit Nase und Mund geschützt sind. Auf diese Weise ist auch für die Augen nur ein schmaler Schlitz frei. Der Baschlik ist dort ein sehr nötiges Kleidungsstück, denn es fegt oft ein eisiger Wind.

Ich hatte zu Hause alles vorbereitet. Weihnachtsbaum, Kerzen, meine Geschenke für Johannes und den Rossol, den baltischen Fischsalat, den man dort am Heiligen Abend isst.

Wir fuhren am Mittag los, um reichlich

Zeit zu haben. Der Gottesdienst begann um drei Uhr und dauerte etwa eine Stunde. Heimwärts hätten wir uns verirren können, denn die Spuren unseres Schlittens waren schon wieder völlig zugeschneit, aber wir wussten, dass wir uns auf die Pferde verlassen konnten. Sie finden jeden Weg, der nach dem Stall führt, wenn sie ihn ein einziges Mal gelaufen sind.

So fuhren wir gegen fünf frohgemut zurück. Bei Schnee ist es ja nie ganz dunkel. Johannes und ich unterhielten uns. Mir stand noch die Kirche freundlich vor Augen, wie sie im warmen Licht der Wachskerzen schwamm, und ich freute mich auf unser »neues« altes Haus, in dem Christbaum und Süßigkeiten und Wärme und wonniges Glück des Zusammenseins auf uns warteten.

Es sollte anders kommen.

Schon unterwegs merkte ich, dass Johannes abwesend und wortkarg wurde, beinahe, als wäre er böse auf mich. Ich war noch sehr jung und zu schüchtern, um zu fragen, was los sei. Wir fuhren, wie meist im Winter, zweispännig, ohne den Priprasch. Die Wege sind winters nur schmal ausgetreten, oft spannt man sogar zwei Pferde voreinander, man fährt »spitz«. Unsere liefen nebeneinander. Sie schnaubten und griffen schnell und zielbewusst aus, ein wenig nervös, wie es mir vorkam. Besonders der Fuchs legte misstrauisch die Ohren zurück, ruckte im Geschirr und zog den andern mit sich, immer wieder in eine schnellere Gangart, wenn dieser nachließ. Wahrscheinlich lockte der Stall – das kennt man ja.

Nachdem Johannes einmal etwa zehn Minuten lang überhaupt nichts gesagt hatte, gab ich mir einen Stoß. »Was hast du denn?«, fragte ich. Ich sprach sehr leise.

Er sah mich abwägend an.

»Erschrick nicht, Irma, aber mir ist nicht geheuer. Vielleicht bilde ich es mir auch nur ein, aber ich glaube …«

Er hielt inne. Unwillkürlich horchte ich auch. Ein merkwürdig heiseres Heulen, noch sehr weit entfernt. Die Pferde zitterten und strebten vorwärts. Johannes sah mich an, er war grauweiß im Gesicht. Wir sprachen es beide nicht aus. Es ist schon ziemlich schauderhaft – so romantisch es klingen mag –, wenn man sich in einer solchen Lage befindet. Immer wieder kam es vor, dass in strengen Wintern nicht nur Vieh, sondern auch Menschen den Wölfen zum Opfer fielen. Ich wusste das, ich war ja dort aufgewachsen, genau wie mein Mann. Es ist aber etwas anderes, das zu wissen, wenn man am warmen Ofen im Pastorat sitzt – als wenn man nachts, jedenfalls beinahe nachts, zu zweit durch den Schnee fährt.

Für Johannes war es noch schlimmer. Er trug die Verantwortung. Wir haben später darüber gesprochen. Er war ein Mensch, der alles schwernahm und immer die Schuld bei sich selbst suchte. So hat er sich damals gesagt, es sei Hoffart gewesen, den Nachmittagsgottesdienst bei jener zweiten Gemeinde und den am ersten Feiertag bei uns anzusetzen. Um die Gäste bei uns zu sehen, um mit seiner jungen Frau zu prunken, sagte er – und vieles derartige mehr. Ich hatte Mühe, es ihm auszureden.

Auf der Fahrt sprachen wir nicht davon. Wenn wir ein paar Worte wechselten, so galten sie dem Weg oder den Pferden. Von den Wölfen sprachen wir beide kein Wort. In alter abergläubischer Sitte nennt man den Wolf nicht beim Namen, man sagt »der Graue« oder »Jener«, so wie man im Mittelalter den Teufel als den »Bösen« oder den »Gottseibeiuns« bezeichnete.

Einmal, nach einer langen Pause, sagte Johannes: »Und außerdem habe ich ja meine Büchse dabei.« Da merkte ich, dass es noch ernster war, als ich bisher geglaubt hatte.

Es schneite nicht mehr. Seit einiger Zeit

sah man den Wald, auf den wir zufuhren, wie eine niedrige, breite Mauer am Horizont. Er kam und kam nicht näher. Irgendwie erhoffte ich mir Trost oder Hilfe von ihm. Ich habe den Wald immer geliebt.

Schließlich erreichten wir ihn. Ich war froh, wenn das Geschirr der Pferde klirrte oder knirschte oder wenn der Schlitten einmal an einem hohen, herausstehenden Stein schurrte, damit man dann das andere nicht hören konnte. Man horchte eben doch unausgesetzt. Auf glattgebahnter Straße läuft ein Pferdeschlitten nicht lautlos; wer das behauptet, ist noch nie in einem gefahren. Er poltert und bumst, weil die Kufen sehr lang sind, er also immer ein wenig kippt und auf und ab schlägt, solange die Bahn nicht schnurgerade waagerecht ist. Und wann ist sie das wohl! Auf ungebahntem Weg aber zischt der Schlitten nur, er schneidet mit einem winzigen, pfeifenden Geräusch durch den Neuschnee, und sonst hört man nichts. Außer … nun, außer dem, wovor wir davonfuhren.

Im Wald atmete ich auf. Johannes sah mich an und schwieg. Dann sagte er mit einemmal – und man merkte, dass er schon lange daran gedacht hatte –: »Ich glaube, es ist besser, wir fahren nicht mehr nach Hause. Wir fahren zu dem alten Briedis, das sind knappe zehn Minuten von hier aus. Bist du sehr traurig? Morgen ist ja auch noch Weihnachten, da feiern wir daheim nach.«

In diesem Augenblick wurde mir vollends klar, in welcher Gefahr wir schwebten. Ich nickte nur mit gepresster Kehle. Gleichzeitig hörten wir die heiseren Stimmen wieder, als wollten sie es bestätigen, und diesmal näher, sehr nahe.

Wir bogen vom Wege ab. Die Pferde, die nach Hause strebten, taten mir leid. Johannes bog nach links in die nächste Schneise ein. Diesmal mussten wir uns ganz auf ihn verlassen, ich selbst kannte den Weg nicht. Er schien jedoch seiner Sache sicher zu sein.

Nach etwa zehn Minuten, genau wie er gesagt hatte, hielt er an.

Ja, da war ein Haus. Da war das Haus, das er meinte. Sogar etwas Licht fiel durch das tiefliegende Fenster. Johannes war im Augenblick wie umgewandelt. Er lachte, klopfte an die Tür und rief.

Erst nach einer Weile kam jemand angeschlurft. Vorsichtig und misstrauisch guckte ein Gesicht durch den Türspalt: der alte Buschwächter, der dort allein hauste.

»Labdien« – das heißt »Guten Tag« – »und fröhliche Weihnachten, Briedis«, rief Johannes, »du bekommst Besuch. Willst du deinen Pastor nicht hereinlassen?«

Aufgeräumt und glücklich darüber, dass wir heil angekommen waren, fiel uns zunächst nicht auf, wie Briedis zögerte. Ich war aus dem Schlitten gesprungen und begann, die Pferde auszuspannen. Johannes half mir dabei.

Der Alte öffnete seine Tür nicht.

»Wollt Ihr … wollt Ihr …?« Sein bärtiger Mund zitterte.

Nun wurde Johannes aufmerksam.

»Lass uns herein, die gnädige Mutter muss unter Dach. Wir haben die Grauen hinter uns«, sagte er halblaut.

Der Alte trat zurück.

»Gleich, Alterchen. Zuerst die Pferde.«

Bei uns daheim hat jedes Haus einen großen Stall, auch jede Hütte. Man besucht sich ja nur zu Pferd. In ein paar Minuten hatten wir Hanno und Füchslein im Stall.

Johannes nahm mich, als der alte Buschwächter wieder ins Haus zurückgetaucht war, übermütig um den Hals, und dann liefen wir, untergehakt, zusammen ins Haus hinüber.

Dort aber harrte unser eine Überraschung.

Briedis wohnte, so wussten wir, seit vielen Jahren allein. Man hatte ihm das Amt eines Waldhüters mehr zum Schein übertragen, damit er nicht das Gefühl hatte, das Gnadenbrot zu essen. Seine Frau war tot, und seine Kinder waren groß und in die Welt gegangen.

Als wir eintraten, sahen wir, dass er nicht allein war. Das Zimmer war überheiß, blitzsauber gehalten und roch nach auf den Herd gestreuten Wacholderzweigen und Tanne. Über dem Ofen an einer weißgescheuerten Stange hingen bunte, viereckige Tücher. Auf der Ofenbank stand eine Holzmulde, so eine, wie man sie bei uns benützt, um Brotteig darin anzurühren. In dieser Mulde lag ein kleines Kind und streckte Arme und Beine in die Luft, während es vor sich hinkrähte.

Ich glaube, ich sagte gar nichts. Ganz langsam setzte ich mich neben diese merkwürdige Krippe, in der das Kind lag wie einmal der Heiland, das Brot der Welt, und näherte mein froststarres Gesicht seinen warmen Händchen.

Nach einer Weile erzählte der Alte.

Er hatte das neugeborene kleine Mädchen im Herbst, rührend sorgsam eingewickelt, an der Straße gefunden und mitgenommen. »Es war nass von Tränen«, sagte er in seiner ungeschickten Art. »Sein Mamming – Gott tröste es!«

Wir haben später gemerkt, dass er wusste oder doch jedenfalls ahnte, woher das Kind stammte. Gesagt hat er es nicht. Wir haben auch nicht gefragt. Johannes hat es wohl ebenfalls erfahren. Ich nicht. Ich wollte es nicht wissen. Für mich war es das Wunder der Heiligen Nacht, das Wunder im Schnee, und sollte es bleiben.

Seit Herbst also hatte der Alte das Kind bei sich. Da er eine Kuh besaß, so war für Milch gesorgt. Gott ließ es dem Kindchen an nichts fehlen.

Johannes schwieg und hörte zu. Ich schwieg auch. Es sprach so viel Liebe und Zärtlichkeit aus den Worten des alten

Mannes, dass ich die Tränen zurückhalten musste. Dann holte Johannes eine Flasche Schnaps aus dem Schlitten. Auch ich musste davon kosten. Zwischen jedem Glas bekamen wir eine Sakuska, einen fetten Happen, den der Gastgeber auftischt. Hier war es grobes Brot mit Speck, wie gut aber schmeckte uns das! Johannes teilte dann den Inhalt seines Tabakbeutels mit dem Alten. Es wurde sehr behaglich. Aber mir fehlte etwas, obwohl ich eine nie gekannte, schwindlig machende Seligkeit empfand.

Ich hatte einen Wachsstock in der Tasche meines Pelzmantels. Mit diesem und meinem Taschenmesser – Pastorentöchter sind im Baltikum halbe Jungen – verließ ich die Stube und die kleine Hütte. Ich fürchtete mich nicht.

Vor dem Haus war ein winziger Garten angelegt. Darin stand vorn an der Ecke ein kleiner Tannenbaum.

Was ich vorhatte, war gar nicht leicht. Man probiere einmal, Wachskerzen ohne

Halter an Ästen zu befestigen, die voller Schnee liegen. Ich musste mich sehr mühen. Schließlich aber gelang es mir bei einem halben Dutzend doch. Ich zündete sie an.

Dann ging ich die andern holen.

Die Männer wussten nicht recht, was ich wollte, folgten mir dann aber, als ich immer wieder bat. Inzwischen hatte ich das Kindchen in meinen Baschlik gewickelt und trug es mit hinaus.

Ich sehe noch heute, wie der kleine Baum sein stilles, goldenes Licht in die Unendlichkeit der nächtlichen Wälder hineinfließen ließ, so klein, aber getrost und guten Mutes. Licht ist Licht und Weihnachtslicht das Licht der Lichter.

Dies war mein schönstes Weihnachten. Ich hatte ja auch ein Kind in den Armen, ein Kind, das wir zu Weihnachten bekamen.

Denn wir ließen das Kindchen natürlich nicht bei dem Alten, mein Mann und ich. Wir wollten es ihm selbstverständlich nicht wegnehmen, es war so rührend sorgsam gepflegt, sauber und wohlgenährt, rosig und weich, aber ich konnte es nicht mehr hergeben, nachdem ich es in dieser Nacht bei diesem Christbaum inmitten der kurländischen Wälder an meinem Herzen gehabt hatte. Wir nahmen einfach auch den Alten mit uns ins Pastorat. Er hatte verdient, nun wirklich Feierabend zu machen. Und er wandte auch nichts dagegen ein, als wir es ihm am andern Morgen vorschlugen. Nur getrennt wollte er nicht werden von »seinem« Kind.

Wir hatten, nachdem er ins Heu gekrochen war – anders tat er es nicht –, die ganze Nacht miteinander gesprochen, während wir auf dem Bett des Alten lagen und in die einzige Kerze schauten, die wir von draußen mit hereingenommen hatten.

Das Kind schlief, immer wieder lauschten wir auf seine leisen Atemzüge.

Dieses Kind ist meine älteste Tochter geworden, besser: meine einzige. Denn ich selbst habe ja nur Jungen bekommen. Ob es nun daran liegt oder an jener Christnacht, in der sie mir geschenkt wurde, ich weiß es nicht. Vielleicht liebt man Töchter immer etwas anders als Söhne, nicht *mehr*, aber inniger, nicht stärker, aber tiefer. Jedenfalls hab ich Rose mindestens so lieb gehabt und liebe sie noch heute so wie meine eigenen Söhne.

Sie ist jetzt erwachsen und hat eigene Kinder. Für mich aber bleibt sie immer, solange ich leben werde, das Wunder im Schnee, das Weihnachtskind, das arm ist und reich macht, die Christrose, die mitten im kalten Winter für uns aufblühte. Und immer sehe ich im Grund ihrer Augen den Glanz der Kerzen, die golden schimmernd auf dem kleinen Tannenbaum leuchten, auf meines Mannes und meinem ersten gemeinsamen Christbaum.

# II

Die zweite Geschichte erzählte Tante Valentine. Zwischen unseren beiden Betten, die im Winkel zueinander standen, saß sie behaglich und breit in einem Korbstuhl, der geheimnisvoll knarrte, wenn sie sich im Eifer des Erzählens vor- oder zurückbeugte. Auf unserem Kindertisch stand eine zu uns her abgeblendete Kerze, in deren Licht die Tante strickte.

Tante Valentine war in der Familie als die »Kinder-Tine« bekannt und hatte kein einfaches Leben gehabt, was aber ihre Daseinsfreude nicht beeinträchtigte. Auch ihren Appetit nicht. Wie alle Frauen, die gern essen, kochte sie vorzüglich. Ihre Kuchen und Kekse waren berühmt, und auch den langweiligsten Krankensüppchen konnte sie einen versteckten, nie vergessenen Wohlgeschmack verleihen.

Eine Art von Apfelstrudel heißt bei uns heute noch der »Tine-Strudel«.

Nicht aber nur aus solchen leicht durchschaubaren Gründen liebten wir sie mit begeisterter Inbrunst. Sie war eben die Kinder-Tine. Eigene Kinder hatte sie sechs, wie viele Enkel, das weiß ich nicht. Aber sie hat noch eine ganze Anzahl Urenkel erlebt, die sie mit derselben frischen unerschöpflichen Mütterlichkeit hegte und umsorgte.

Damals schon strickte sie, wie uns schien, ohne Unterbrechung. Während sie erzählte, bauschte sich die Handarbeit weiß auf ihrem Schoß, und wir wünschten nur immer, Strickerei und Geschichte möchten nie ein Ende nehmen.

## *Vater und die Tiere*

Um Weihnachten herum will man eine Weihnachtsgeschichte hören. Und wenn der Erzähler alt ist, kommt es von allein so, dass er aus seiner Erinnerung, aus seiner Kindheit erzählt. In der Kindheit feierte man die wonnigsten Weihnachten, und das schönste, das ich erlebte, war eins, bei dem meine Mutter krank und damit außer Gefecht gesetzt war. Es klingt ein bisschen herzlos, wenn man das hört, denn Mutter verstand sich sehr, sehr gut darauf, Feste zu feiern, aber als Vater es einmal in die Hand nahm …

Übrigens war Mutter nicht ernstlich krank. Sie hatte sich überarbeitet und Nervenschmerzen bekommen, die, wie der Arzt versicherte, bei etwas Schonung sofort verschwinden würden. Sie verschwanden dann auch auf Nimmerwiedersehen, aber daheim konnte Mutter sich natürlich nicht schonen, zumal vor Weihnachten, und so schickte Vater sie kurzerhand weg, zu Verwandten, für acht oder zehn Tage.

»Das machen wir schon, das machen wir sehr schön«, versicherte er ihr, als sie meinte, so kurz vor Weihnachten könnte eine Mutter nicht fort. »Du wirst sehen, wie gut wir das können!«

Er ließ sich alles aufzählen, was jedes bekommen sollte, schrieb es auf einen Zettel und begleitete sie dann zur Bahn.

»Wenn du wiederkommst, brauchst du nur die Kerzen anzuzünden. Alles andere wird fertig auf dich warten. Wir können das bestimmt!«

»Wir«, das waren meine beiden Brüder, damals zwölf und zehn Jahre alt, mein Vater und ich. Ich selbst war acht.

Nun sind Kinder zwischen acht und

zwölf Jahren keine Babys mehr. Und dazu ein liebevoller und praktischer Vater, das müsste doch gehen!

Freilich, liebevoll war mein Vater. Aber praktisch in dem Sinne, in dem es hier notwendig gewesen wäre, war er nicht. Er war überhaupt anders als andere Väter. Er war entzückend und unmöglich. Er war unser großartigster Freund, unser verschwiegenster Helfer in Notlagen und später mein zärtlich gehegtes Sorgenkind. Ich habe meinen Vater sehr geliebt. Damals war er noch gesund, ein Baum von Mann, mit borstigem, ziemlich kurz geschnittenem Haar und einem runden, rotbackigen Gesicht. Er war Lehrer, gab Naturwissenschaften und schleppte seine Schüler über Land, sammelte mit ihnen, beobachtete Tiere und klebte Herbarien. Er holte sie zum Musizieren ins Haus und debattierte mit den größeren über den Sinn des Lebens. Als er starb, trauerte nicht nur das Gymnasium, sondern die ganze Stadt um ihn. Ich will aber heute nicht davon, sondern von seinem Leben erzählen.

Wir, meine Brüder und ich, besaßen ein gemeinsames Zimmer. Es war groß, niedrig und ein wenig kahl, denn wir bekamen natürlich keinen Teppich hineingelegt, unserer Dreckstiebel wegen. Vasen flogen mit Vorliebe um, wenn wir Kissenschlachten machten, und Vorhänge an den Fenstern fanden wir überflüssig. Dafür lagen unsere Luftgewehre herum, über den Betten hingen Pfeil und Bogen, und wir besaßen eine riesige Eisenbahn, die uns ein nobler Patenonkel einmal gestiftet hatte und die das halbe Zimmer ausfüllte. Bei der lag auch mein Vater oft stundenlang auf dem Bauch, stellte Weichen oder reparierte auseinandergegangene Schienenstellen, und irgendetwas dazu bekamen wir eigentlich jedes Weihnachten.

Unser Zimmer hieß das »Chaos«. Ich habe viele Jahre lang nicht gewusst, dass dies Wirrwarr, Durcheinander heißt, ich hielt es für einen Kosenamen, etwa wie »Sonnenwinkelchen«. Wir fanden unser Chaos einmalig. Ein riesenhafter, scheußlicher Eisenofen stand darin, für den wir sommers selber das Futter suchten in dem nicht allzu nahen Wald. Wir wohnten ja in der Stadt. Es galt also, mit dem Handwagen loszuziehen, was die Brüder, als sie etwas älter und eitler wurden, gar nicht mochten. Aber in solchen Dingen war mein Vater streng. Wer winters nicht frieren will, mag sich sommers um Brennstoff kümmern. Da wir es von klein auf nicht anders kannten, beugten wir uns diesem Gesetz. Und es war dann ja auch ein Vergnügen, im Winter lustig drauflos zu heizen, ohne dass jemand uns dreinreden konnte.

Mein Vater war ein häufiger Gast im Chaos. Ich sehe ihn noch über die Schienen der Eisenbahn hinwegturnen, mit dem leicht belustigten Ausdruck, den schwere Männer an sich haben, wenn sie etwas Kniffliges leisten müssen.

Einmal stand er, den Rücken am Ofen, und beobachtete Uli, der an seinem Kopfhörer-Radio herumbastelte. Uli war der geborene Bastler, geduldig, geschickt und unermüdlich. Mein Vater, bei dem immer alles schnell, schnell gehen musste, bewunderte ihn.

»Aber stinken tut es bei euch wie in einem Bockstall. Was verbrennt ihr denn da eigentlich?«, fragte er schließlich.

Wir konnten nicht einmal widersprechen, jetzt erst fiel es uns auf. Freilich fanden wir auch die Ursache des Gestanks: Vater hatte zu nahe am Ofen gestanden, und sein Anzug war hinten angebrannt. Der Stoff muss sehr wollhaltig gewesen sein; man erkennt Wolle ja daran, dass sie mit abscheulichem Geruch verschwelt.

Weihnachten mit allem Drum und Dran, mit Krippe und Baum, Adventskranz und Kalendern war eigentlich Mutters Sache. In der Zeit vorher ging Vater umher und versuchte zu ergründen, was jedes einzelne bekam, er war von einer unstillbaren Neugier besessen. »Deshalb bin ich ja Naturwissenschaftler geworden«, sagte er, wenn man ihn damit neckte.

Mutter hütete alle Geheimnisse mit nervöser Sorgfalt, denn Vater vermochte nicht, etwas Schönes bei sich zu behalten. Als ich geboren werden sollte – ich Unglücklich-Glückliche kam am fünfundzwanzigsten Dezember zur Welt –, wollten Vater und Mutter lieber ein paar Tage eher feiern und bescheren, damit die beiden kleinen Jungen auch bestimmt zu ihrem Recht kämen. Denn wenn eine Mutter von zwei so kleinen Burschen im Bett liegt und Vater die Wirtschaft führt, dann, so argwöhnte sie, ginge alles drunter und drüber. Als Grund, warum Weihnachten also bei uns früher stattfinden würde als in anderen Familien, gaben die Eltern damals an, Vater könnte es nicht mehr erwarten, zu sehen, was er bekäme. Uli und Roland haben das auch prompt geglaubt.

So war Vater. Meist vergaß er bei dieser Stöberei nach den Überraschungen, sich eigene für Mutter auszudenken. Am Dreiundzwanzigsten erschien er regelmäßig im Chaos, sorgenbeladen und bekümmert.

»Wisst ihr nicht ein Effektstückel für die Mutter?« Wir wohnten in Schlesien, und Vater sprach herrlich schlesisch, auch in der Schule. »Ihr Leute, ihr Leute, und morgen ist schon Heiligabend!«

Gemeinsam gelang es uns dann meist, noch etwas herzuzaubern. Mutter hatte die ehrenvolle Aufgabe, jedes Fest größtes Entzücken zu heucheln über etwas, was sie einfach nicht brauchen konnte. Sie tat es rührend alle Jahre wieder. Dann, so am dritten, vierten Feiertag – wir zählten die ganze Woche von Weihnachten bis Neujahr nach Feiertagen –, meinte Vater meistens: »Ob es nicht zerbricht, wenn es aus Versehn runterfällt?«

Figuren, Vasen und Schalen zerbrachen, wenn man es darauf anlegte. Dinge aus Stoff mussten anders behandelt werden.

»Vielleicht brennt's?«, fragte Vater hoffnungsvoll. Silvester hatten wir es dann meist geschafft, das Effektstückel zu beseitigen. Und dann bekam Mutter »zum Trost« eine große Torte mit vielen bunten Schichten, und sie durfte das runde Mittelstück allein essen.

Erst viele Jahre später habe ich durch Zufall erfahren, dass ihr nichts so zuwider war wie Schichtentorte.

Aber ich will heute nicht von den gewöhnlichen Weihnachtsabenden erzählen, so schön sie waren, sondern von einem ungewöhnlichen, dem allerschönsten.

Mutter war also fort. Vater vertrat sie. Er besorgte den Baum und fand sogar den Ständer, den auch Mutter jedes Jahr aufs Neue suchen musste, obwohl er ihr, wenn sie ihn nicht brauchte, dauernd im Wege war. Eines aber fand Vater nicht:

den Zettel, auf dem die Geschenke standen, die noch beschafft werden mussten. Er hatte ihn gleich anfangs, als Mutter ihm alles genau diktiert und aufs Herz gebunden hatte, so gut aufgehoben, dass er ihn nie wiedersah.

»Was Mutter schon besorgt hat, das findet sie ja«, tröstete Vater uns und sich selbst, »sie kann es doch im letzten Augenblick rausholen und auf die Plätze stellen.«

»Wenn aber nicht für jeden was da ist?«, fragten wir. Hätte Vater sonst noch eine ganze Liste angegeben bekommen?

Vater sah uns der Reihe nach an. »Es wird schon. Es war doch jedes Jahr!«

»Aber andere Jahre war Mutter *da*«, betonten wir, nicht zu Unrecht. Jedes von uns fürchtete natürlich, dass gerade es vergessen sein könnte. Und das wäre, bei aller Kameradschaft, die uns verband, doch bedauerlich gewesen.

»Kannst du dich denn gar nicht mehr erinnern?«

»Doch, doch, auf einiges besinne ich mich«, sagte Vater nachdenklich. Sehr glaubhaft klang es nicht. »Roland sollte – nein, das war, glaub ich, Uli. Und Tine – nein, für Tine war entweder noch gar nichts da oder etwas ganz Tolles.«

Ich bekam eine Gänsehaut. Gar nichts oder etwas ganz Tolles!

Wir hockten zu viert im Chaos, während wir das besprachen. Vater sog an seiner Pfeife. Die Jungen bastelten, die Laubsägen quietschten, und ich versuchte zu stricken. Viel wurde nie aus meinen vorweihnachtlichen Strickübungen. Ich habe es später gelernt – gründlich.

»Schreib doch an Mutter und frag sie!«, rieten wir ihm.

Vater wollte nicht. Sie würde sich dann nur unnötige Sorgen machen. Außerdem schien es seinen Stolz zu verletzen, wenn er sich diese Blöße gab. Er konnte bockig sein wie ein kleines Kind.

»Am besten, ich besorge für jeden Fall noch was«, meinte Vater schließlich und sah uns Beifall heischend an.

Wir hatten nichts dagegen. Nur Uli, der später Jurist wurde und sich schon damals durch Gerechtigkeit und besonders klares Denken auszeichnete, sagte: »Und wenn dasselbe nun schon da ist?«

Roland und ich fanden diesen Einwurf blöd. Wenn es sich beispielsweise um eine – von uns damals heiß begehrte – Doppelweiche für die Eisenbahn handelte, konnte es uns ja nur recht sein, wenn wir zwei bekamen! Je mehr, desto besser, dachten wir im Stillen! Ausgesprochen haben wir es nicht ganz so unumwunden, aber doch deutlich genug.

Vater hingegen fand den Einwurf berechtigt.

»Ich weiß«, sagte er, nachdem er einen Augenblick überlegt hatte, »ich weiß jetzt! Was ich zusätzlich besorge, muss also etwas sein, was ihr ganz, ganz bestimmt weder habt noch von Mutter bekommt.« Mit einem Mal sah er so verschmitzt und vergnügt aus, dass wir alle Bedenken über Bord warfen. Weihnachten würde ein Ereignis werden, das hatten wir jetzt ganz sicher im Gefühl.

In den letzten Tagen hatte es Vater furchtbar wichtig. Bald war er »verreist«, bald »beschäftigt«, wir sahen ihn kaum mehr.

Am Dreiundzwanzigsten holten wir alle gemeinsam die genesene Mutter von der Bahn ab. »Wie geht's denn?«, fragte sie ängstlich.

Vater strahlte. »Ausgezeichnet. Du brauchst dir nicht die geringsten Sorgen zu machen!«

»Aber muss ich denn nicht noch …«

»Du musst nur die Mohkließla anrühren, die hab ich noch nicht fertig. Und die Kerzen anzünden. Und bimmeln.«

Mohkließla – zu hochdeutsch Mohnklöße – stellen das traditionelle schlesische Weihnachtsgericht dar. Sie bestehen aus eingeweichter Semmel, Mohn, Milch und einem Schuss Rum oder Maraschino. Kein Weihnachten ohne Mohkließla! Sie liegen im Magen wie Steine, aber sie schmecken köstlich, wie auch die Mohbabe, der gerollte und in Napfkuchenform gebackene Mohnkuchen. Den noch herzustellen traute sich Mutter wahrhaftig zu.

»Aber hast du denn alle Geschenke da?«

Vater nickte.

»Vielleicht nicht ganz das, was du mir gesagt hast, aber …«, und er nahm sie eifrig beiseite und flüsterte ihr zu, die Kinder bekämen diesmal etwas Lebendiges. »Sie sind groß genug, um für Tiere selbst zu sorgen, du wirst keine Spur Mehrarbeit davon haben. Ich selbst besaß, als ich so alt war, drei Hunde und eine ganze Kaninchenschar. Die hab ich alle selbst versorgt, meine Eltern wussten nicht mal, wie viele es waren.«

»Immerhin habt ihr auf dem Lande gewohnt …«

Ach, Mutters gutes Gesicht! Entgeistert und entsetzt wollte sie abwehren, und dann fand sie eben doch, dem liebsten Mann zuliebe, alles prachtvoll, was er sich ausgedacht hatte. Morgen war Weihnachten, und sie hatte sich so lange, ganze acht Tage, nach ihm und den Kindern gesehnt. Da konnte man doch nicht anders als zustimmen.

Vorläufig allerdings war es noch nicht so weit. Vater hatte den Baum im Wohnzimmer aufgestellt und geputzt, dafür den großen Tisch hinaus- und in sein Arbeitszimmer geschoben. Dort wurde bei uns schon vom Dreiundzwanzigsten an gegessen, und ich spüre heute noch diese selige Vorfreude bei jeder Mahlzeit: »Jetzt wird es *wahr*! Jetzt ist es nicht mehr erträumt und ersehnt, jetzt wird es Wirklichkeit!«

Mutter war erholt und tatendurstig und nahm die Zügel des Haushalts sogleich wieder an sich. Das war wohlgetan. Sie beschaffte den Karpfen, den es am Heiligen Abend geben musste, und stellte die Mohkließla her, denn wer Weihnachten keine isst, hat im nächsten Jahr kein Geld. Am Abend ging sie, auf Vaters Zureden hin, zeitig zu Bett, um sich nicht sofort wieder zu überanstrengen.

»Du kannst dich ganz auf mich verlassen, ich habe alles besorgt«, versicherte Vater immer wieder.

»Auch den zweiten Transformator für die Eisenbahn und die Schihose für Tine?«, fragte Mutter bänglich.

Vater überging dies ein wenig zu gewollt nebenbei. »Wenn auch nicht genau das, Liebste, aber es ist für jeden etwas da.«

Dabei blieb er.

Mutter musste sich zufriedengeben.

Am Vierundzwanzigsten gibt es bei uns kein Mittagessen; bei Kaffee für die Großen und Kakao für die Kleinen werden mittags Weihnachtsstriezel und Mohbabe angeschnitten. Vorher geht die ganze Familie, auch Mutter, ins Bett.

»Wer mittags nicht schläft, darf abends nicht aufbleiben!«, hieß es alljährlich, und auf diese fürchterliche Drohung hin gehorchten wir alle widerspruchslos. Auch dieses Jahr wieder. Wenn man dann aufwachte …

Allein Vater widersetzte sich.

»Ich sehe nur noch einmal alles durch«, verhieß er, »dann komme ich auch schlafen. Legt euch nur inzwischen hin!«

Seine Effektstückel – diesmal für die Kinder gedacht – bestanden aus einem kleinen Affen, einem Nasenbären und einem jungen Esel. Diese bildeten seine Überraschungen, und es waren in der Tat Geschenke, wie wir sie noch nie bekommen hatten. Was würden wir für Augen machen, und wie würde sich Mutter freuen!

Vater hatte die beiden Käfige mit Äffchen und Nasenbären beim Pedellen des Gymnasiums untergestellt, ebenso den

Zwergesel, der im Schulgarten im Schutz eines Verschlages stand, in dem sonst Gartengeräte aufgehoben wurden. Dort hätte er alle drei Tiere erst kurz vor der Bescherung abholen können. Aber Vater war zu neugierig, es hielt ihn nicht zu Hause. Er nahm Hut und Stock – Vater ging immer mit Stock – und lief in schlecht gezügelter Eile davon.

Herr Biedermann, der Pedell, lachte und meinte, der Herr Studienrat sollte doch gleich nach der Christnacht kommen. Bis dahin könnten die Tiere gern hierbleiben.

Vater trat von einem Fuß auf den anderen. Jetzt, da zu Hause alles schlief, hatte er doch herrlich Zeit, sich seine Hauptgeschenke richtig anzusehen. Mit Mühe brachte Biedermann ihn dazu, wenigstens den Esel noch nicht mitzunehmen. Die beiden Käfige mit den Kleintieren aber klemmte sich Vater unter den Arm, einen rechts, einen links.

Tausend Dank und fröhliche Weihnachten!

Herr Biedermann sah, wie der eine Käfig bereits anfing zu rutschen. Vater war noch nicht die Schultreppe hinunter, da musste er schon beide abstellen. »Warten Sie, so geht das nicht!«, rief Herr Biedermann und lief ihm nach. »Mein Junge ist nicht da, sonst schickte ich ihn mit. Und ich selbst kann nicht fort. Ich warte auf ein Ferngespräch, mein Ältester ruft um diese Zeit immer an, seit er nicht heimkommt zu Weihnachten. Aber ...«

»Haben Sie nicht einen Wagen – einen Handwagen? Oder etwas Ähnliches?«, fragte Vater.

»Nein, aber warten Sie. Ich habe einen Stuhlschlitten. Der ist genau das Richtige.«

Biedermanns Jüngster hatte eine Zeit lang nicht gehen können, er litt an einer zeitweiligen Lähmung, die sich später ganz gab. Der Schlitten, in dem man ihn während dieser Zeit gefahren hatte, stand noch im Verschlag bei dem Eselchen.

»Natürlich. Wie dafür gemacht!«

Weihnachten ist nicht nur auf dem Lande schön. Es kann auch in einer Kleinstadt bezaubernd sein, ach, und nun erst in einer schlesischen! Wir jedenfalls fanden das. Nottkau ist so klein, dass jeder jeden kennt, bestimmt aber kannte jeder zweite den Herrn Studienrat, von dem er, sein Vater oder sein Sohn, sein Neffe oder sein Enkel dann und wann eine gesalzene Ohrfeige bekommen hatte beziehungsweise sie noch erwarten durfte.

Vater musste unzählige Male danken, so oft wurde er gegrüßt, während er in Eile seinen Schlitten durch die Straßen schob. Aber unbeirrt und unaufhaltsam steuerte er durch die vielen Bekannten hindurch und kam überhaupt nicht auf die Idee, dass jemand über ihn und seinen seltsamen Aufzug lachen könnte.

Heimgekommen, schleppte er seine

beiden Käfige mit Inhalt vorsichtig ins Bescher-Zimmer. Dort öffnete er zunächst den Affenkasten. Nur ein ganz, ganz klein wenig – Affen sind doch so zahm, hatte er immer gehört und gelesen, besonders solche, die schon in Gefangenschaft geboren sind. Das Affenkind saß auch brav und still in der Ecke. Vater griff vorsichtig danach, es ließ sich streicheln und herausheben. Zutraulich schmiegte es sich an ihn an und nahm seine Zärtlichkeiten dankbar entgegen.

»Joko«, lockte und schmeichelte Vater, »Joko! Bist du unser schönstes Weihnachtsgeschenk?«

Freilich erwies sich Vaters Handlungsweise doch als voreilig. Als er den kleinen Affen wieder in den Käfig zurücksetzen wollte, sträubte der sich. Er klammerte sich an seinen Arm an und quäkte so kläglich und schrill, dass Vater ihm erschrocken das Mäulchen zuhielt.

»Du darfst doch nicht, Joko, da wachen ja die andern auf!«

Danach fragte Joko nicht. Immerhin war er still, wenn Vater ihn im Arm hielt und hin und her wiegte. Vater überlegte. Vielleicht schlief der Affe ein? Er setzte sich mit dem kleinen Tier auf dem Schoß in den Sessel unter den Christbaum und begann leise zu singen.

Joko saß still und rührte sich nicht; sobald Vater aber nur eine Bewegung machte, um ihn wieder in den Käfig zu stecken, kreischte er auf und krallte sich in seinen Jackenärmel.

»Na gut. Kommt Zeit, kommt Rat!«, dachte Vater und sang weiter. Er sang alle Weihnachtslieder durch. Das Bescher-Zimmer hatte er vorsichtshalber abgeschlossen. Schließlich hörte er Schritte. Die Klinke ging hinunter.

»Ja?«, fragte er.

»Ich bin's!« Mutters Stimme. »Kommst du? Es wird Zeit für die Christnacht.«

»Ja, sofort.« Vater stand vorsichtig auf, schlich durch das halbdunkle Zimmer, den Affen auf dem Arm, und beugte sich zu dem Käfig hinunter. Der Affe war wirklich fest eingeschlafen. Vater öffnete den Käfig und wollte den Kleinen hineinschieben, da surrte, pfiff und kreischte es. Er hatte den falschen Käfig, den mit dem Nasenbären, erwischt. Und der Bär kam jetzt herausgeschossen, lebhaft und zu allen Schandtaten bereit. Natürlich war auch Joko aufgewacht, bei solch einem Radau musste man ja munter werden, und wie munter wurde er! Blitzschnell war er hinter dem hervorschießenden Bären hergesaust, und beide verschwanden unter dem Sofa.

Wir haben dies nicht miterlebt. Vater hat es uns geschildert. Er konnte das wunderbar. Wie er in Hemdsärmeln auf dem Bauch lag und lockte, rief und drohte und nach dem Affen angelte. Zwischendurch musste er auch Mutter beruhigen, die vor der Tür stand und allmählich den Eindruck bekam, Vater habe den Verstand verloren. Und wie er dann schließlich nachgab. In die Kirche wollte er mitgehen, es wäre sonst kein richtiges Weihnachten gewesen, mochten die beiden Tierchen sich inzwischen amüsieren!

So gingen wir los, alle im schönsten Staat.

An diesem Abend war Nottkau eingeschneit wie im Bilderbuch. Der Ring – so sagt man bei uns statt Markt – sah aus wie aus einem Weihnachtskalender geschnitten. Ein Christbaum stand vor dem alten Waagehaus, Gasthaus zur Waage, über zweihundert Jahre alt, davor der verschneite Brunnen, und darum herum die Pfefferkuchenbuden mit grellem Karbidlicht, eingehüllt in leichten Frostnebel, sodass jede Bude ihren eigenen Heiligenschein um sich hatte. Dazwischen lustige, eilige Passanten, würdige Kirchgänger, knirschender Schnee, Weihnachtsfreude in allen Augen, Pakete und Päckchen noch, eilig eingekauft, an vermummten Fausthandschuhen baumelnd – ach, Weihnachten in Schlesien!

Unvergleichlich, unauslöschlich mit seinem Glanz und seiner Feierfreude!

Diesmal war Vater in der Kirche wohl unser ungeduldigstes, sozusagen unser größtes Kind. Er sang zwar andächtig die lieben alten Lieder mit, zu denen keines ein Gesangbuch braucht, dann aber, als der Segen erteilt war, hatte er es so eilig, dass sogar wir es merkten.

Und so sagte Mutter denn, als wir aus der Kirche traten: »Vielleicht ist es besser, wenn du vorangehst. Ich meine, du hast gewiss noch dieses und jenes zu tun?«

Sie sagte es so lieb und freundlich, dass Vater ihr einen schnellen Kuss auf die Wange schmatzte, ehe er loslief. Er stürmte also ab.

Wir gingen ihm nach, erwartungsvoll und feierlich gestimmt wie immer nach der Kirche, die Herzen randvoll von gespannter Seligkeit.

Die Bescherung verlief in diesem Jahre nicht ungestört. Vater war es nicht gelungen, Joko einzufangen. Der hockte auf dem obersten Bücherbrett und knackte Nüsse, die er sich vom Baum geholt hatte. Die Schalen warf er auf uns herunter. Wir standen ums Klavier und sollten singen. Den Bären hatte Vater erwischt, er saß wieder in seinem Käfig, den wir aber sogleich erspäht hatten.

Nasenbären sind das Süßeste, was man sich an kleinen Tieren vorstellen kann. Sie sehen genau aus wie Steiff-Tiere, nach ihnen sind die Steiff-Bären auch hergestellt. Unserer – Mischka nannten wir ihn – wurde so zahm, dass er überhaupt keinen Käfig mehr brauchte. Damals aber war er es noch nicht.

Dafür hatte er, während wir in der Kirche waren, in einer Zimmerecke mit seinen scharfen Krallen versucht, die Dielen aufzureißen. Es war ihm auch ganz gut gelungen. Nasenbären forschen überall nach Ameisen, jedenfalls tat Mischka das. Vater hätte am liebsten eine Ameisenzucht angefangen, um ihn nicht zu enttäuschen, wenn er irgendwo wieder gegraben und nichts gefunden hatte.

Wir sangen an diesem Abend zunächst nur eine Strophe von ›O du fröhliche‹. Dann wurde beschert.

Uns Kindern gelang es ziemlich bald, Joko einzufangen. Es war ein Entzücken ohnegleichen. Auch Mutter konnte nicht schelten. Nicht einmal, als Vater auch noch das Eselchen herbeibrachte. Wir fragten natürlich sofort, welches von den Tieren welchem Kind gehörte. Geliebt aber haben wir sie alle gleichmäßig.

Der Esel war etwa sechs Wochen alt und so groß wie ein größerer Jagdhund. Er hatte einen dicken Kopf und die treuherzigsten Augen der Welt. Wir tauften ihn Grauchen. Seine Mutter hatte, was sehr selten geschieht, Zwillinge bekommen, und sie konnte nur eins davon nähren. So war Grauchen von Anfang an mit der Flasche aufgezogen worden und trank jetzt noch daraus, und dieser Umstand hatte Vater bewogen, das Tier zu kaufen. »So etwas Praktisches bietet sich einem nicht oft«, sagte er stolz.

Wir haben an diesem Weihnachtsabend noch viel gesungen. Es sang einfach aus uns heraus, das Glück, die Liebe zur Kreatur und die Dankbarkeit. Wir hatten bis dahin noch keine Tiere besessen. Aber war es nicht ganz natürlich, dass wir Weihnachten welche bekamen? Hatten nicht auch um die Krippe Tiere gestanden, Ochs und Eselein, und waren nicht mit den ersten Menschen, die das Gotteskind besuchten, fromme und einfältige Tiere gegangen, Schafe und Hirtenhunde? Wir empfanden es so, und vielleicht war deshalb dieses Weihnachtsfest das allerschönste, das ich als Kind erlebte.

Es kam aber noch etwas hinzu. Ich habe damals begriffen, so klein ich war, wie liebende Menschen miteinander umgehen sollten. Das war das Schöne. Mutter war überarbeitet, das sagte ich ja schon. Als sie nach einer viel zu kurzen Erholungszeit zurückkam – was sind acht Tage für eine müdegearbeitete Mutter! –, wartete ihrer ein Haushalt, der ziemlich aus den Fugen gegangen war und sich um drei recht unbequeme Tiere erweitert hatte. Mutter stammte aus der Stadt und war kein Tiernarr. Trotzdem hatte sie kein unfreundliches Wort gesagt.

Ich habe das damals nicht bewusst gedacht, aber doch gefühlt. Auch die Brüder schienen es zu merken. Von da an haben wir uns wirklich bemüht, Mutter zu entlasten. Dass wir unsere Tiere selbst versorgten, war von vornherein klar. Aber auch sonst begannen wir zuzufassen. Mutter sagte später oft, sie habe es von da an, da sie sechs statt drei Kinder hatte, viel leichter gehabt. Vernünftige Leute glaubten ihr das nicht. Es entspricht aber den Tatsachen.

Freilich haben unsere Tiere auch viel Unfug getrieben. Vor allem Joko. Er hat ungefähr alle Dummheiten gemacht, die ein Affe machen kann. Er hat uns das

Fleisch vom Sonntagsteller stibitzt – bei uns gab es nur sonntags Fleisch, und auch da nicht immer –, er hat Vorübergehende vom Balkon aus mit rohen Eiern beworfen und alles angenagt, was anzunagen war. Mischka war dagegen ein braves Kind. Außer seinem unwiderstehlichen Drang, Dielen aufzureißen, hat er uns wenig Ärger bereitet. Das aber war ihm nicht abzugewöhnen.

Für Grauchen bauten die Jungen später einen kleinen Wagen, mit dem man spazieren fahren konnte. Obwohl Grauchen eigentlich Roland gehörte, folgte es mir auf Schritt und Tritt, solch einen Narren hatte es an mir gefressen. Das war herrlich, hatte aber auch Nachteile. So konnte ich beispielsweise nie fahren. Ich musste vorangehen, wenn Grauchen den Wagen ziehen sollte; nur dann zog es. Sobald ich aber einstieg, weigerte es sich, auch nur einen Schritt zu tun. Es stemmte beide Vorderhufe nach vorn, senkte den Kopf und blieb stur stehen. So waren es immer die Brüder, die fahren durften, und ich lief voran und lockte den kleinen Eigensinn.

Dieses Glück, mit Tieren zu leben, begann für mich an jenem Weihnachtsfest. Und nie war ich so bewusst dankbar, nie so liebevoll gerührt über meine Eltern wie damals. Mit meiner Mutter stand ich schon immer auf gutem Fuß. Wenn es aber möglich war, meinen Vater noch mehr zu lieben als vorher, so lernte ich es von nun an. Es war wie ein neues, bewussteres Kapitel in meinem Leben, und ich nannte es bei mir: Vater und die Tiere.

## III

Die dritte Geschichte erzählte uns Traude, die wir bald Tante Troll nannten, weil sie so vollendet Kobolz schießen und auf den Händen stehen konnte und überhaupt so lebhaft und wild war wie ein Troll. Dabei spiegelte sich in ihren dunklen Augen zuweilen so ein Ernst, ja, eine leise Schwermut, die uns bange machte und doch anzog.

Zuerst wollte Tante Troll gar nicht heran ans Erzählen; sie sagte, Geschichten müssten von früher sein, und sie selbst sei noch zu jung, um von früher zu erzählen. Dazu brauche man so großartige Erinnerungen wie eine Baltentante oder ein Strickzeug wie Tante Tine – und woher, bitte sehr, sollte sie beides nehmen?

Wir bettelten und baten.

»Denk doch mal nach! Etwas von Weihnachten. Sicher fällt dir was ein.«

Wir konnten uns einfach nicht vorstellen, dass Weihnachten im Leben anderer nicht immer schön und strahlend gewesen sein sollte. Dass es einsame, sehnsüchtige, ja, traurige Weihnachtsfeste geben kann, dieser Gedanke lag uns fern. Deshalb vielleicht war es gut, dass Tante Troll schließlich nachgab und doch zu erzählen begann, als wir sie fragten, wo sie denn letztes Weihnachten gewesen sei.

Wenn Erwachsene ahnten, wie tief manche ihrer Worte in ein Kinderherz fallen, dann würden sie sich viel mehr und ernsthafter mit Kindern abgeben; dankbarere Zuhörer können sie nicht finden. Und gerade weil Tante Troll so unsentimental und frisch erzählte, ging uns alles, was sie sagte, so nach.

Aber auch sonst hätten wir sie nicht vergessen, Tante Trolls Geschichte.

## *Hüttenweihnachten*

Ich habe weder Eltern noch Geschwister. Dafür kann niemand, ich auch nicht. Aber ich sehe mich, seit ich erwachsen bin, schon immer vor, dass ich Weihnachten nicht übrig bleibe. Dies Jahr habe ich es gut, ich bin sehr gern zu euch gekommen. Letztes Jahr war ich von einer andern Familie eingeladen worden, konnte dann aber nicht hingehen; warum, das wäre langweilig zu erzählen. Jedenfalls musste ich mir nun etwas anderes ausdenken.

Ich wohne in München. Dort kenne ich eine ganze Menge junger Leute. Die meisten aber fahren Weihnachten heim. Manche nicht. Und mit diesen wenigen beschloss ich, mich zusammenzutun, denn was allein oft schwer zu bestehen ist, kann für einige Gleichgesinnte sehr lustig sein. Wir wollten Weihnachten auf einer Schihütte verbringen. Das dachten wir uns schön und stimmungsvoll. Es wurde auch sehr schön.

Wir waren fünf, drei Männer – wir sagten »Jungen« –, eine Kollegin von mir und ich. Am Zweiundzwanzigsten zogen wir los.

Es gibt bewirtschaftete und unbewirtschaftete Hütten. Wir wollten in einer unbewirtschafteten wohnen, obwohl das viel unbequemer ist, aber wir wollten keinen »Klamauk«. Wir wollten es schön haben, jedoch nach unserm eigenen Geschmack. Keines von uns hatte Lust, mit einer Meute alkoholtrinkender Fremder zusammen zu feiern, sondern still oder heiter, aber unter uns. Ein Bäumchen nahmen wir mit. Das bewährte sich, denn die Hütte liegt weit über der Baumgrenze, und außerdem lag so viel Schnee dort droben, dass wir nie eins gefunden hätten.

In der Hütte war alles vorhanden, was man braucht, wenn man nicht aus Mode, sondern aus Liebe zur verschneiten Bergwelt Schi läuft. Heu zum Schlafen – Schlafsäcke brachten wir mit – und Holz zum Feuern, eine Pfanne und ein paar große und kleine Töpfe, alle außen schwarz berußt und innen blank, wie es die Vorschrift unter Bergsteigern verlangt. Jede Hütte muss so verlassen werden, wie man sie zu betreten wünscht, vor allem bei schlechtem Wetter. Da haben die Streichhölzer paratzuliegen, und Holz muss fein gespänt und trocken im Ofen geschichtet sein. Wer kommt, braucht nur einen einzigen Handgriff zu tun, und es wird warm und hell.

Das alles sind längst erprobte Bergsteigerregeln, nach denen sich jeder richtet, denn oft kommt man ganz erschöpft und erfroren an und kann mit klammen Fingern zunächst überhaupt nichts tun. Brennt aber erst das Feuer, dann wird man wieder lebendig und bekommt Mut und Lebenslust.

Wir fünf waren nicht erschöpft, als wir ankamen, sondern munter und übermütig. Solch eine Hütte ist wunderschön. Natürlich ist alles aus Holz, Wände und Balken nachgedunkelt, die Feuerstelle groß, rußig und gemütlich.

Über dem Herd hing ein Waldhorn. Wer weiß, wer es da einmal vergessen oder der Hütte gestiftet hat! Wir lachten, und ich musste gleich etwas darauf blasen. Ich kann Waldhorn blasen, die andern fanden das sehr bewundernswert, aber auch ein bisschen komisch.

Wir waren eine lachlustige Gesellschaft.

Wenn die andern gewusst hätten, was es mit dem Waldhorn auf sich haben sollte!

Voller Vergnügen machten wir uns daran, uns behaglich einzurichten, teilten die Tage ein – jemand muss bei so etwas immer Küchendienst machen, das geht reihum – und packten den Inhalt unserer Rucksäcke genießerisch aus. Da kamen Blockflöten zutage, Kerzen jede Menge, geheimnisvolle Kästchen mit Süßigkeiten, Fotoapparate und erstaunlich viel Bücher. Jedes hatte wohl sein Weihnachtsbuch und noch irgendein anderes, sehr geliebtes mitgenommen, und einer der Jungen machte sich sogleich daran, ein Bücherbrett aufzuhängen, wo diese Schätze nun aufgereiht wurden. Er war stolz, als es hing – ein Brett in zwei Schlingen, sehr einfach, aber zweckmäßig. Auf so einer Hütte lernt man vieles, und es ist herrlich, einmal ganz, ganz anspruchslos zu leben.

Weil man alles, was man für zehn oder vierzehn Tage braucht, selbst heraufschleppen muss, hatten wir uns gegenseitig das Versprechen abgenommen, uns nichts zu schenken, obwohl wir uns alle kannten und gut leiden konnten. Sonst aber hätte jedes für jeden etwas mitbringen müssen. Wir seien unabhängig von so etwas, erklärten wir einmütig.

Ein Neues Testament hatten wir mit, um die Weihnachtsgeschichte vorlesen zu können; es stand am Anfang unserer Bücherreihe, und das Bäumchen kam in die Ecke der bäuerlichen Eckbank, die um den Tisch lief. So meinten wir, für das Fest gerüstet zu sein und auch zu wissen, wie es bei uns verlaufen würde. Es wartete unser aber eine Überraschung, von der wir nichts ahnten.

Am andern Morgen nahmen wir zunächst die Schihänge rings um die Hütte in Besitz, probierten, ob die Schwünge noch gingen – gestern waren wir ja nur aufgestiegen –, und prunkten voreinander mit unserem Können. Es war kalt mit prachtvollem Pulverschnee, und wir betranken uns regelrecht daran und bekamen allesamt den weißen Rausch.

Erst als es dämmerte, kehrten wir wieder zur Hütte zurück, schlugen uns voll mit dem Essen, das wir früh gekocht und dann ins Heu gestellt hatten, und krochen todmüde, aber glücklich in unsere Schlafsäcke.

Hans Heiner, unser Ältester, der sich ein wenig als der Häuptling aufspielte – er ist Maler und sonst ein ziemlich verrücktes Haus, hier aber machte es ihm Spaß, den Vernünftigen zu spielen –, meinte, morgen müsse er aufpassen, dass alles mit Maß und Ziel geschähe, Arbeit und Vergnügen. Diese Unmäßigkeit der heutigen Jugend in allem … zu seiner Zeit sei das anders gewesen … aber das läge nur daran …

Ich hörte sein Gebrabbel noch, während ich schon einschlief. Der Duft des Heus benimmt einen.

Renate, das andere Mädchen, und ich, wir hatten uns auf der einen Seite des Heubodens niedergelassen, die Jungen auf der andern. Dazwischen war die Luke mit der Leiter.

Am nächsten Morgen, dem Weihnachtsmorgen also, fanden wir erst spät heraus. Zwei Jungen wollten heute Dienst tun. Sie hatten schon Feuer gemacht, als wir herunterkamen, und richteten das Frühstück. Wir waren froh, uns warmes Wasser holen zu können; gewaschen wurde im Schuppen nebenan, und vorher pflegten wir uns im Schnee zu wälzen. Da tat es wohl, sich hinterher warm zu waschen. Die Jungen übrigens waren zu feige, sich im Schnee zu kullern, und wir verspotteten sie deshalb weidlich.

Als wir hereinkamen, duftete es schon nach Kaffee. Eines nach dem andern stellte sich ein.

Später putzten wir das Bäumchen. Draußen war es verhangen, nichts von blitzender Sonne wie gestern. »Das gibt neuen Pulver!«, sagte Hans Heiner.

Er sollte nicht recht behalten. Es gab keinen Neuschnee, sondern Nebel. Bis mittags blieben wir draußen. Dann jedoch fanden wir, dass es wenig Vergnügen machte, im Waschküchendunst umherzukriechen, wenn keine Bodenwelle mehr zu erkennen war und man auf gut Glück dahinfegte. Nebel kann dort oben so dick sein, dass man am helllichten Tage seine eigene Schispitze nicht mehr sieht. Nun, wir hatten uns ja am Tag zuvor so richtig ausgetobt, und morgen war es vielleicht wieder schön. Wir schnallten also ab und schlüpften ins Warme.

Die Jungen hatten für abends eine leckere Erbsensuppe gekocht. Hinterher sollte es Punsch geben. Eine Flasche hatte jeder mit heraufschleppen müssen. Zunächst aber tranken wir Tee und aßen Stollen, und zwar mit dem unbegreiflichen Heißhunger, den man vom Schilaufen bekommt.

Dann versuchten wir uns ein bisschen in der Musik. Wir hatten ja einige Blockflöten da, und zur Weihnachtszeit gehört Musik. Die Jungen hatten gute Stimmen, wie sich herausstellte, und Renate sorgte für den Sopran. Ich selbst singe nur Alt, also zweite Stimme. Wir begannen erst ziemlich schüchtern, da sich jedes vor den anderen genierte, kamen aber in Feuer und vergaßen schließlich Zeit und Ort. Zu fünft kann man vielerlei anfangen, wenn alle mitsingen. Man kann zwei- und dreistimmig singen, polyphone Sätze und Dreierkanons.

Als es richtig dunkel war, zündeten wir die Kerzen unseres kleinen Baumes an, und Hans Heiner las die Weihnachtsgeschichte vor. Das war schlicht und schön und feierlich. Damals ging mir so richtig auf, dass die ganze Schenkerei an Weihnachten, so hübsch sie für Kinder sein mag, eben doch an zweiter Stelle kommt. Zuerst soll man sich daran erinnern, warum Weihnachten gefeiert wird: an das Kind, das in Dunkelheit, Kälte und Armut zu uns kam, um uns Licht, Wärme und den ewigen Reichtum zu bringen.

Sogar die Jungen waren hinterher still und nachdenklich und nicht mehr so übermütig und schnoddrig wie vorher.

Es ist ja klar, dass es viel Neckerei gibt, wenn fünf solche Kindsköpfe miteinander auf einer Hütte hausen. Freilich alles zu seiner Zeit, und da bewiesen die Jungen doch ein feines Gefühl.

Renate und ich schmückten den Tisch mit Tannenzweigen und Kerzen, und dann setzten wir uns zum Essen.

Ja, und da klopfte es.

Ein Mensch in der Stadt oder auch auf dem Lande wird sich kaum vorstellen können, wie sehr merkwürdig es einem vorkommt, wenn man auf zweitausend Meter Höhe in einer Hütte sitzt, soeben Heiligabend gefeiert hat und es nun an der Tür klopfen hört. Nicht etwa, dass wir uns fürchteten. Nein, in diesem Sinne erschrak keines von uns. Wir staunten nur, und ich hatte eigentlich sofort das Gefühl: Hier geschieht etwas, was dazu gehört, zu diesem ein wenig verwunschenen Weihnachten, das so anders war als alle bisherigen, die ich erlebte.

»Herein?«, sagte Hans Heiner ein bisschen ungläubig und legte den Löffel hin, und wir andern taten es ihm nach. Es sollte sehr lange dauern, bis wir unsere Löffel wieder aufnehmen und in die Suppe tauchen würden.

Vor der Tür standen zwei Schiläufer, jung wie wir, sehr erschöpft. Wir verstanden gar nicht, warum sie so abgekämpft waren, es war ja kein wüstes Wetter draußen, kein Schneesturm. Hatten sie sich verirrt? Oder …

Nein, nein. Nicht verirrt.

Es lag etwas anderes vor.

»Setzt euch doch«, sagte Hans Heiner freundlich und beruhigend.

Die beiden gehorchten.

»Und nun sprecht.«

Sie taten es. Sie seien zu viert gewesen, erzählten sie, waren in Nebel gekommen und hatten dadurch Zeit verloren. Ihr Ziel war eine Hütte, nicht allzu weit von der unseren entfernt. Ehe sie sie erreichten, stürzte der eine von ihnen sehr hässlich. Ja, ein Bruch, kein Zweifel. Das rechte Bein. Sie hatten versucht, ihn zu transportieren, sich dann aber erinnert, dass diese Hütte hier näher sein musste als die, zu der sie wollten; so hatten sie beschlossen nachzusehen, ob hier jemand sei. Glücklicherweise hatten sie den Weg trotz des Nebels gefunden, und als sie Licht sahen, war ihnen schon ein großer Stein vom Herzen gefallen.

»Natürlich holen wir die zwei!«, sagte Hans Heiner sogleich.

Wir gaben den beiden fremden Jungen heißen Tee und etwas zu essen und stellten unsere Suppe auf den Herd zurück. »Ihr könnt sie inzwischen verlängern, wir sind dann neun statt fünf. Los, los, ihr Hausmägde!«, sagte Hans Heiner zu Renate und mir.

Ich wäre offen gestanden lieber mitgefahren, um den Verletzten zu bergen, ich bin sowieso nur aus Versehen ein Mädchen geworden und bereue das heute noch. Mich Hausmagd nennen zu lassen, noch dazu in der Heiligen Nacht, das fand ich ziemlich unverschämt. Aber ich fügte mich.

Renate und ich halfen den Jungen, alles, was sie zum Transport eines Verletzten brauchten, so schnell wie möglich zusammenzusuchen, denn er lag ja in der Kälte draußen, wenn auch nicht allein. Ich gab ihnen eine Feldflasche mit heißem Tee mit, in den ich Rum gegossen hatte, und Schokolade als Kraftnahrung.

Nach etwa zwanzig Minuten zogen die fünf ab.

Renate und ich räumten zusammen, legten Holz aufs Feuer und kümmerten uns um die Suppe. Dann begannen wir zu warten.

Wir warteten.

Sie war eine sehr, sehr lange Nacht, diese Weihnachtsnacht. Und nicht nur eine lange, sondern auch eine bange Nacht. Denn die Jungen kamen und kamen nicht wieder.

Erst hatten wir gedacht, es könnte nicht länger als eine Viertelstunde dauern. Wir beeilten uns und rannten hin und her in der ein wenig fiebrig munteren Art, die man hat, wenn etwas droht, von dem man doch zuversichtlich hofft, dass es gut ausgehen wird.

Wir richteten im Wohnraum ein Lager, auf das der Verunglückte kommen sollte, suchten Decken, stopften Heukissen und räumten dann alles sorgfältig auf. Die Fremden sollten es doch nett und hübsch bei uns finden. Unzählige Male sah ich unsere kleine Apotheke durch, die ich zu verwalten hatte; jedes übernahm ja ein Amt, als wir hier heraufkamen. Schließlich fanden wir nichts mehr zu tun.

Und da ging also das Warten los, und das war sehr schwer. Wir sahen auf die Uhr. Wann die Jungen losgegangen waren, wussten wir nicht genau, nur ungefähr. Genau aber merkten wir uns die Zeit, in der wir angefangen hatten, uns zu wundern und bald darauf zu sorgen.

Denn dass wir uns sorgten, blieb nicht

aus. Es war jetzt sehr kalt, etwa fünfzehn Grad unter Null, und die Jungen kamen nicht. War der Transport so schwierig? Freilich, allzu schnell kommt man mit einem Verletzten, den man tragen oder ziehen muss, nicht vorwärts, vor allem bei Höhenunterschieden und bei der dauernden Rücksicht, die man nehmen muss, um ihm nicht weh zu tun. Vielleicht hatten sie die beiden auch noch gar nicht gefunden? Oder – diesen Gedanken hatten wir beide, Renate und ich, schon lange Zeit, ohne ihn auszusprechen – fanden sie nicht hierher zurück?

All dies war möglich. Wir sind einigermaßen bergerfahren, vor allem aber die Jungen. Die sind älter als wir, und zwei stammen auch aus der dortigen Gegend, sind sozusagen auf Schiern großgeworden. Vernünftig und umsichtig waren sie auch, und außerdem zu fünft.

Dies alles sagten wir uns, um uns gegenseitig zu trösten, viele Male und in immer neuen Abwandlungen. Trotzdem sahen wir immer häufiger nach der Uhr und endlich lieber gar nicht mehr. Und was erst Verwunderung, dann Besorgnis und zuletzt Sorge geworden war, das wurde nun heiße Angst. Angst um den Verletzten, Angst um »unsere« Jungen, Angst vor der schweigenden, beißenden Kälte draußen.

Wir waren zu zweien, gewiss. Aber wir fühlten uns doch sehr klein und verloren, wenn wir daran dachten, wie weit und grandios die Bergwelt um uns gebreitet gelegen hatte – vorgestern, als Sicht war. Überall Bergspitzen und Grate, Schnee, Gletscher, Halden; Menschen aber oder auch nur eine Hütte sah man nirgends.

Daran dachten wir jetzt, Renate und ich – wir haben es uns später gestanden, damals sprachen wir nicht darüber –, und es war bedrohlich und gar nicht behaglich, ganz abgesehen davon, dass wir zwei Mädchen niemals allein hinuntergefunden hätten, falls es Neuschnee geben sollte. Wir hatten uns beim Aufstieg ganz auf die Jungen verlassen und nicht auf den Weg geachtet, so wie man eben steigt, wenn man nicht führt, sondern geführt wird.

Immer wieder gingen wir vor die Hütte hinaus, horchten und riefen. Die Nacht schwieg. Es war recht schauerlich.

Allmählich konnten wir uns nichts mehr vormachen: da stimmte etwas nicht. Da war etwas passiert. Die Jungen müssten wahrhaftig jetzt da sein. Man beeilt sich, wenn man einen Verletzten bergen will.

»Sie finden nicht zurück«, sagte Renate schließlich. Ich nickte. Nebel, natürlich. Sie hatten zwar Taschenlampen dabei. Was aber nützt der winzigkleine Strahl einer Taschenlampe in solch einem Nebelmeer!

Wir standen wieder vor der Hütte, trampelten uns Wärme in die Füße, riefen und schrien. Unsere Stimmen waren so schwach und klein in dieser Einsamkeit. Die Jungen hatten wahrscheinlich die Spur verloren, als sie zurückfuhren, vielleicht weil sie eine Steigung umgehen wollten mit dem Verwundeten, vielleicht aus irgendeinem andern Grund. Wer wusste das? Nun fanden sie wohl nicht den Weg zur Hütte, und die Nacht war lang, die beinahe längste des Jahres, die Weihnachtsnacht.

»Komm herein, es hat keinen Zweck«, sagte Renate und zog mich an der Schijacke, »wir müssen irgendetwas unternehmen.«

»Aber was?«

Wir starrten uns in die angstblassen Gesichter. Losfahren? Suchen? Welch ein Unsinn! Dann fanden wir womöglich selbst nicht zurück. Zeichen geben? Aber was für Zeichen? Fackeln anzünden? Woher welche nehmen?

Wir besprachen das alles hin und her, unzählige Male.

Plötzlich schrie Renate laut auf und deutete an die Wand.

Ich erschrak vor ihrem Geschrei und war ärgerlich. »Was ist denn nun schon wieder los?«

Dann begriff ich.

Das Waldhorn! Nein, dass wir da jetzt erst dran dachten!

»Was ist man doch manchmal vernagelt!«, sagte ich, während ich schon auf der Bank stand und das Waldhorn herunterangelte.

»Zieh die Jacke an!«, schrie Renate noch.

Ich rannte ohne Jacke los, sie hinterher.

»Hoffentlich geht's!«, sagte ich, ehe ich ansetzte. Ich dachte an das Posthorn von Münchhausen, in dem die hineingeblasenen Lieder eingefroren waren. Wie viel kann man denken in solchen Augenblicksfetzen! Aber das Horn hatte ja warm gehangen, und kein Lied eines anderen Bläsers steckte mehr darin. Wenn ich jetzt daran zurückdenke, muss ich oft ein bisschen lachen. Zwei Mädchen in einsamer Hütte, und die eine bläst auf einem Waldhorn Weihnachtslieder!

Wir haben hinterher auch gelacht. Während dieser Zeit aber lachte auch Renate nicht. Es war ja ernst, und – so merkwürdig es klingt – es wurde sogar geradezu feierlich und tröstlich.

Natürlich blies ich Weihnachtslieder. Es war ja das Nächstliegende. Ich weiß noch, dass ich, wohl aus einer Gedankenverbindung heraus, die man verstehen kann, anfing mit: ›Kommet, ihr Hirten!‹ Und dann, sehnsüchtig: ›Herbei, o ihr Gläubigen!‹

Renate ging noch einmal in die Hütte zurück, brachte mir Handschuhe und eine Decke, die sie um mich legte. Wie lange ich stand und blies, weiß ich nicht mehr. Sie hat treulich mit ausgehalten. Allmählich wurde ich ruhiger und ganz zuversichtlich. Zwischen jedem Vers horchten wir.

Und dann – ich hatte gerade ›Dies ist der Tag, den Gott gemacht‹ zu Ende geblasen – hörten wir erstmals die Stimmen der Jungen.

»Hallo! Hallo!«

Ganz fern noch und unmöglich zu sagen, aus welcher Richtung sie kamen. Nebel verwirrt, man kann sich das hier im Flachland kaum vorstellen. Wir schrien sofort Antwort, laut, jubelnd. Und dann setzte ich wieder an und blies, und als der Vers zu Ende war, hörten wir die Stimmen noch näher.

So haben wir die Jungen durch Nacht und Nebel herbeigelockt.

»Das war mal eine gute Idee«, lobte Hans Heiner, während er aus den Bindungen trat und die Stöcke an die Hauswand lehnte, »wurde aber auch höchste Zeit. Wir suchten und suchten!«

Der Verletzte war nicht so durchkältet, wie wir gefürchtet hatten. Der heiße Tee, die Jacken der anderen, die sie über ihn gedeckt hatten, schützten ihn. Er versicherte immerzu, es gehe ihm blendend.

Drinnen in Wärme und Helligkeit entfaltete sich eine emsige, glückliche Tätigkeit. Alles war gut gegangen, der Kranke lag auf seinem Heusack, die andern hängten ihre Sachen auf, steckten sich Zigaretten an und redeten durcheinander. Es war laut, herzlich, fröhlich – wir waren dem Schicksal so von Herzen dankbar. Keines sprach es aus, aber alle fühlten es.

»Posaunenengel, du sollst leben!«, rief Hans Heiner und schlug mir auf die Schulter, dass ich fast zusammenbrach.

Ach, es war ganz zauberhaft, und er und ich blieben wach, als die andern schlafen gegangen waren. Der Verletzte behauptete zwar, seinetwegen brauche keiner zu wachen, aber wir einigten uns stillschweigend darauf, es doch zu tun. Bald schlief er auch, friedlich und beruhigt, wir aber saßen und sprachen leise miteinander oder schwiegen.

Es war eine sehr schöne, sehr eigenartige, ganz wunderbare Weihnachtsnacht.

Die vier Fremden blieben die ganze Zeit auf unserer Hütte. Am andern Tag sorgten wir dafür, dass gleich ein Arzt kam und das Bein richtete. Die Jungen holten ihn aus einem nicht allzu fernen Sporthotel zu uns herauf. Es war ein glatter Bruch, so etwas heilt meist tadellos. Hinunter aber wollte der Patient nicht. Ich konnte das verstehen.

Wir haben dann noch sehr beschwingt Silvester gefeiert.

Diese Sache hatte noch ein Nachspiel. Ich kümmerte mich natürlich um den Verletzten, das hätte jedes andere Mädchen auch getan. Das aber passte jemandem nicht, der sonst recht klug ist – Hans Heiner. Er fing an, mich damit zu hänseln, erst harmlos, dann boshaft und giftig.

Ich ließ es mir nicht gefallen. Ich sagte, dass immer erst die Verwundeten kämen und dass ich als Heilgymnastin die Pflicht habe – und dass – und dass … Ich sagte eine ganze Menge. Er auch. Wir haben uns schrecklich gezankt. Den andern zuliebe taten wir, als wäre es nur Spaß. Aber innen drin brodelte der Zorn in uns beiden weiter.

Später, in München, rief mein »Schützling« – er war wieder gesund – mich einmal an, wir wollten zusammen einen Kaffee trinken. Er war mir dankbar, das ist doch klar. Durch Zufall oder nicht – eifersüchtige Männer haben da einen sechsten Sinn – tauchte nach einer Viertelstunde Hans Heiner dabei auf. Hinterher zerstritten wir uns ernstlich. Es tat mir sehr leid.

Ein Jahr lang sahen wir uns nicht. Ich hörte, dass er ein Stipendium in Paris bekommen hatte und dorthin gefahren sei, sehr überstürzt, ohne sich von seinen besten Freunden zu verabschieden. Freilich hätte er auch schreiben können, aber wir waren ja ohnehin verzankt. Ich machte anschließend mein Examen, und da muss man alle Gedanken zusammennehmen und hat vielerlei im Kopf.

Gestern aber, ehe ich hierherfuhr – ich hatte schon den Koffer in der Hand und den Mantel an –, da ging das Telefon. Ein bisschen ärgerlich lief ich zurück und hob ab. Und da wäre ich beinahe nicht gefahren.

»Bist du das, Posaunenengel?«, fragte er. »Ich wollte nur fragen, ob du mich auch nicht vergessen hast – und unser Weihnachten da oben? Als du uns durch den Nebel in die Geborgenheit führtest?«

Er fragte dann noch mehr. Und erzählte. Es kam eine Flut von Beschreibungen seiner Arbeiten, von Plänen, von allem, was ihn erfüllte; er schien ganz und gar vergessen zu haben, dass wir im Unfrieden auseinandergegangen waren. Ich hätte um ein Haar meinen Zug versäumt, und er bedauerte sehr, dass ich fort musste.

Dann aber sagte er: »Na schön, fahr los. Ich habe sowieso unendlich viel zu tun und zu ordnen. Das nächste Weihnachten aber, Posaunenengel, das feiern wir wieder in den Bergen. Nur du und ich, und von da an jedes. Willst du?«

Ich habe Ja gesagt. Und mir ist, als habe er wiederum zu mir gefunden wie damals durch den Nebel und die Kälte – in jener Heiligen Nacht auf der Hütte.

# *Besuch am Heiligabend*

## *Wie bei uns zu Hause*

Es klopfte.

»Ja?« Lutz drehte den Kopf, und gleich darauf polterte sein Stuhl, von aufschnellenden Knien zurückgestoßen, krachend nach hinten. »Christine, du?«

»Ja, ich, in Lebensgröße!« Christine, seine jüngste Schwester, sprang Lutz lachend an den Hals. Sie trug eine Pelzmütze, die von Schneeflocken besternt war, und ihre dunklen Augen blitzten. Atemlos ließ sie sich auf das durchgesessene Sofa seiner Studentenbude sinken, riss die Handschuhe herunter und warf sie auf den Tisch, mitten zwischen den Kirchenvater Augustin und das hebräische Lexikon, den Aschenbecher und die Kolleghefte und was da sonst noch herumlag.

»Aussehen tut es bei dir, und so was will Pfarrer werden! Na, warte, jetzt räum ich bei dir auf, dann findest du überhaupt nichts mehr. Erst aber muss ich was trinken, was Heißes ... ich hab Beine von Eis! Draußen ist es kalt, aber schön, schön – fröhliche Weihnachten übrigens, mein Lieber!«

Sie sprang noch einmal auf, hob sich auf die Zehenspitzen und küsste ihn mit gespitztem Mund auf die Nase. Und dann drückte sie ihr kältebrennendes Gesicht an seinen Pullover.

»Bist du entsetzt, dass ich so einfach komme? Aber ich konnte dich doch nicht allein lassen, Weihnachten, hier –« Christine wedelte mit der einen Hand rundum. »Auf Bude, ohne Christbaum, vielleicht schuftend ...«

Sie schnupfte.

»Entsetzt? Aber wo!« Er zog sein Taschentuch und putzte sich ziemlich laut die Nase. »Riesig nett von dir.« Es klang so nebenbei, dass sie genau merkte: er war gerührt. Ihr großer Bruder war gerührt, über sie.

Sie zog ihre Jacke aus, und er suchte ihr umständlich einen Kleiderbügel aus den Untiefen seines Schrankes. Und dabei hatten beide Gelegenheit, ihre Gesichter wieder in gleichmütige Falten zu legen. Sie kramte in ihrem Köfferchen. In dem sah es übrigens nicht viel ordentlicher aus als in der Stube.

»Die Eltern sind gut angekommen«, berichtete sie, »Weihnachten im Sanatorium im Gebirge – warum eigentlich nicht? Für Vaters Gesundheit ist es bestimmt das allerbeste. Im letzten Augenblick auf dem Bahnhof hab ich Mutter noch zugeflüstert, dass ich mich um dich kümmere. Ein Stein fiel ihr da vom Herzen! Du weißt ja, sie hat immer ein schlechtes Gewissen, ob sie nun mit Vater fährt oder bei uns bleibt.«

»Und du hast deine reichbekinderte Freundin, zu der du fahren wolltest, sitzen lassen?«, fragte Lutz. »Oder willst du

mich etwa mit dorthin schleppen …«
Sein Gesicht spiegelte jetzt so unverhohlenen Schrecken wider, dass Christine rasch abwinkte.

»Aber nein, Lutz, ich kenn dich doch! Dich und deine Angst, du könntest überall dort, wo du aufkreuzt, stören. Im Übrigen ist Liselotte ein sehr lieber Kerl und ihre kleine Gesellschaft einfach süß. Ich hätte gern dort mitgefeiert, noch lieber aber feiere ich mit dir. Ich hab mir was ganz, ganz Wunderschönes ausgedacht, hör zu!«

»Wart, erst bekommst du einen Tee!«

Lutz hoffte auf eine Gnadenfrist. Christines sprudelndes Temperament war in der Familie bekannt – und ein wenig gefürchtet. Es ging mit ihr über Hecken und Zäune und machte auch vor hohen Mauern nicht halt, wenn man so sagen wollte. Er betrachtete sie aus den Augenwinkeln: da saß sie, klein und schlank, aber explodierend vor Unternehmungslust, die Wangen nach der Kälte draußen jetzt heiß und rot, die Augen funkelnd – ja, er meinte, selbst ihre Locken, dunkle, senkrecht emporlodernde Locken, funkelten und tanzten.

»Hier bleiben wir natürlich nicht«, sagte sie eifrig, »das heißt, heute nacht doch. Da hat mich deine Schlummermutter bereits eingeladen, und ich darf auf der Gute-Stuben-Couch nächtigen. Dann aber, o Lutz, ich weiß etwas für den Weihnachtsabend!«

»Was also?«, fragte er mit leicht belegter Stimme. Er dachte an Onkel Fritz, einen Wahlverwandten, der, wie Mutter aus Leipzig stammend, von seiner lebhaften Ehe erzählte, sehr liebevoll und überaus ehrlich. Eins seiner Worte war den Geschwistern zum Bonmot geworden: »Immer, wenn die Mimi sachte, sie hätte eine Idee, da hielt ich mich am Dische fest.« Lutz fühlte in diesem Augenblick sehr mit Onkel Fritz.

Und da kam es auch schon wie aus der Pistole geschossen: »Wir machen einen

Weihnachtsritt, du und ich! Ins Schlössle. Das wird eine Sache, sag ich dir, die du noch deinen Enkeln erzählen wirst.«

Da hatte er es. Aber ehe er etwas sagen konnte, wurde ihm blitzschnell der Mund gestopft. Christine hatte in ihrem Köfferchen endlich gefunden, wonach sie anscheinend die ganze Zeit gesucht hatte, und es ihm zwischen die Lippen geschoben.

»Liegnitzer Bombe, von mir selbst gebacken, koste mal!«, hörte er sie sagen, während er zu essen begann. »Köstlich, was? Da heißt es immer, berufstätige Mädchen seien im Haushalt Nullen. Diese These ist hiermit ›bombig‹ widerlegt. Wart, ich möchte auch noch ein Stück davon.«

Sie kaute, schluckte, fuhr fort: »Pass auf. Ich habe ja auch eine Zeit lang hier gewohnt in dieser bezaubernden Stadt. Und ich habe noch eine Menge guter Freunde. Unter anderem eine Pfarrersfamilie – ich hab dir manchmal von ihr erzählt –, die etwa fünf Kilometer von hier wohnt.«

Sie nannte den Ort, und Lutz nickte. Er nickte abwartend und leicht verstört, aber das Schokoladengebäck begann bereits einen besänftigenden Einfluss auf ihn auszuüben. Lutz aß nun einmal gern Süßes.

»Diese Rombachs – Vater kennt sie auch – sind ganz besondere Leute. Vor allem der alte Herr. Er hat ein Schlössle gepachtet, mitten im Wald, ganz einsam, entzückend gelegen. Es steht unter Denkmalschutz, hat früher wahrscheinlich irgendeinem Herzog als Jagdschloss gedient. Davor einer der beiden Stauseen, die dort angelegt wurden, im Sommer kann man auch darin schwimmen. So was kommt sonst nur in Geschichten vor. Dorthin reiten wir beide morgen und feiern ein unvergessliches Weihnachten, du und ich, Lutz, ja?«

»Reiten?«, fragte Lutz und sah seine Schwester über die Brille hinweg an. Er hatte dabei den rechten Zeigefinger ins Ohr gebohrt und schüttelte ihn. »Ich habe ›Reiten‹ verstanden.«

»Du sagst es.« Sie nickte, völlig unbeeindruckt von seiner Verwirrung. »Bist du nicht, seit du hier studierst, im Stall der Universität geritten? Oder war dies alles nur eitel Dunst und Prahlerei, wenn du davon berichtet hast? Gestehe!«

»Doch, ich bin.« Lutz rückte seine Krawatte zurecht. »Denkst du, ein Student der Gottesgelahrtheit prahlt und schmückt sich mit fremden Federn?«

»Eben. Nun hör: Ein Professor, dessen Kinder ich gut kenne, besitzt vier Islandponys, die groß und kräftig genug sind, um auch erwachsene Menschen zu tragen. Da er sie nicht in seinem Hausgarten weiden lassen kann, gab er sie zu einem Bauern in Pension. Ich bin sie oft geritten. Über Weihnachten ist er samt seiner Kinderschar weggefahren. Deshalb hat er mir angeboten, die Ponys in dieser Zeit zu reiten, wenn ich Lust hätte. Der Bauer, bei dem sie stehen, weiß auch Bescheid. Was sagst du nun?«

Der Tee war fertig. Lutz stand, in der einen Hand die Kanne, in der andern seine einzige Tasse, und schaute zwischen beiden hindurch auf Christine nieder. »Und da willst du …«

»Da wollen wir«, berichtigte sie gelassen und nahm ihm die Tasse aus der Hand, hielt sie vor die Tülle der Teekanne und gab dieser eine leichte Neigung, sodass der Tee goldfarben und duftend in die Tasse rann. »Danke. Nein wirklich, Tee kochen kannst du, da bist du unübertrefflich!«

Sie trank. Lutz stand noch immer und sah auf sie hinunter. Als sie die Tasse geleert hatte, schenkte sie nochmals ein, nahm ihm dann die Kanne ab und stellte sie mitten auf den Kirchenvater Augustin.

»So, nun du. Setz dich und trink. Und dann sprechen wir weiter.«

»Wir? Bisher hast *du* gesprochen.«

Aber er setzte sich und trank. Und sie sprach.

Als die Tasse leer war, hatte sie den Plan nicht nur vor ihm ausgebreitet, er war bereits genehmigt und gutgeheißen. »Sich am Dische festhalten« ist gar kein Ausdruck, dachte Lutz. Ich werde mich bald noch an ganz anderen Dingen festhalten müssen. Islandponys sind halbe Wildpferde, habe ich gehört – o Christine, was hast du mit mir vor!

Aber er widersprach nicht. Frauen soll man tunlichst nicht widersprechen.

Es hatte wieder geschneit; flaumweicher Pulverschnee lag auf der festgefahrenen Straße. Sehr kalt war es nicht, ein paar Grade unter Null, genau richtig.

»Wir müssen die Eisen abnehmen«, beschloss Christine, nachdem sie aus dem Bus gesprungen waren, der mit klirrenden Schneeketten weiterfauchte. »Aber ich kenne den Schmied hier im Dorf, er macht uns das auch heute. Heute – am vierundzwanzigsten. Ach, Lutz, ich freu mich so! Du auch?«

Er nickte. Nebeneinander gingen sie die Dorfstraße entlang, bogen dann in eine Seitengasse ein und kamen gleich darauf zu dem Bauernhof, den Christine suchte. Kein Mensch war zu sehen.

»Weißt du, wo der Stall liegt?«, fragte Lutz.

Christine lachte. »Die Pferde stehen nicht im Stall. Die sind Tag und Nacht draußen, auch jetzt!«

Sie zog ihn an der Hand um die Ecke der Scheune. Dahinter lag eine eingezäunte Koppel, und wahrhaftig, da standen vier halbhohe Ponys, Schneekissen auf ihren Rücken, und guckten unter struppigen Schöpfen den beiden entgegen.

»Nun such dir aus, ich weiß auch noch nicht, wen ich nehme«, forderte Christine mit Besitzerstolz, »Jarpur ist schnell, Gladur hat einen sehr angenehmen Galopp, geht aber nie voran, sondern nur als Zweiter. Rönt ist eine gute Alleingängerin, ich hab sie oft geritten, wenn sonst niemand mitkam. Und der dort, das ist Falki, im Sommer ein Schimmel, jetzt gelbgrau wie ein schmutziger Schäferhund. Aber unermüdlich. Der wird erst nach drei, vier Stunden richtig! Dann schüttelt er seine Mähne und fängt an, die Beine zu schmeißen, dass es eine Lust ist. Freilich, er lässt sich nicht rechts um den Schenkel biegen; wenn man das versucht, steigt er. Machst du eben die Volten, die nötig sind, nach links …« Sie übersprudelte sich wieder einmal.

Lutz sah etwas bedenklich drein.

Die Eisen waren übrigens schon abgemacht. Christine stellte das erleichtert fest. Sie lief ins Haus und bat die Bäuerin um das Sattelzeug, wärmte die metallenen Gebisse in warmem Wasser an, damit sie der feinen Lippenhaut der Pferdemäuler nicht weh taten, und füllte die Packtaschen, die rechts und links an den

Schweifriemen der Islandsättel befestigt werden konnten.

»Viel geht nicht hinein, aber unsere Zahnbürsten bestimmt, und hier ...« Christine zerrte ein Päckchen aus der Jackentasche.»Kerzen für unsern Christbaum und Kerzenhalter. Und ein Neues Testament. Und hier, die eiserne Ration samt Kaffee, Kondensmilch und Schokolade.«

Die Satteltaschen schwollen an, obwohl Christine bei jedem Ding, das sie hineinquetschte, versicherte, es sei nur das Allernotwendigste.

»Decken und Bettzeug gibt es dort, auch Vorräte. Wasser müssen wir an der Quelle holen, hoffentlich ist sie nicht zugefroren. Welches Ross nimmst du nun? Entscheide dich!«

»Ich glaube, den Gladur«, sagte Lutz mit einem Entschluss. Dass dieses Pferd immer als Zweites ging, hatte für ihn etwas Bestechendes. Ein wenig schwach fühlte er sich, der junge Herr Pfarrer in spe, wenn er sich vorstellte, er würde auf diesem kleinen Biest eine lächerliche Figur machen oder vielleicht den Sattel räumen.

»Schön, dann nehme ich den Falki, den sogenannten Schimmel. Haben Sie viel Hafer gefüttert in der letzten Zeit?«, fragte Christine den Bauern, der jetzt herantrat. »Ich meine, ob er die beiden stechen wird.«

»A bissle scho«, sagte schmunzelnd der Alte, »und gestande hent se au.«

»Na, Hauptsache, sie gehen vorwärts. Wir wollen weit«, erklärte Christine, zog den dicken Haarbusch unter dem Stirnband heraus und klopfte dem Pony den Hals. »Fein siehst du aus, mein Guter. Ja, bis ins Schlössle wollen wir, zu den Stauseen, Sie wissen schon.«

»Da kommet Se aber net hin bis zum Dunkelwerde«, sagte der Bauer bedächtig.

Christine schien das nicht zu stören. »Dann wird eben im Dunkeln weitergeritten. Ich kenne mich da aus. Und der Schnee leuchtet.«

Als die Ponys gesattelt waren und alles verstaut, gingen sie noch einmal in die Küche hinein, um sich die froststarren Finger aufzuwärmen. Die Bäuerin hatte Kaffee gekocht und goss ihn ein, und sie erlabten sich daran. Der Bauer wollte noch Ratschläge für sein Rheuma wissen; er hielt Christine als Arzthelferin für eine halbe »Doktorsche«, und sie hatte kürzlich mit ihrem ältesten Bruder Jochen, der schon approbierter Arzt war, darüber gesprochen.

»Ich hab Ihnen ein paar Ärztemuster zum Einreiben mitgebracht; Sie müssen selbst ausprobieren, was bei Ihnen am besten hilft. Nein, die bekommen Sie umsonst, das ist doch klar!«

Und dann saßen sie auf. Christine zeigte Lutz, der noch nie auf Ponys geritten war, wie man, über den Sattel greifend, selbst den rechten Bügel gegenhält, indes man mit dem linken Fuß in den andern steigt. Sie winkten den freundlichen Bauersleuten zu und trieben mit den Hacken.

»Los, vorwärts! Wir reiten zum Christkind.«

Lutz musste sich erst zurechtfinden. Er war bisher ziemlich still gewesen, abwartend, nicht ohne schwere Bedenken, wie dieses »verrückte Unternehmen« ausginge. Was ihn bewogen hatte, nicht strikt »nein« zu sagen, war eine Überlegung, die Christine nicht ahnte. Diese jüngste Schwester des großen Geschwisterkreises hätte wohl am heftigsten unter der Abwesenheit der Eltern gelitten. Die andern waren verheiratet und weit fort; Jochen ging gerade auf Freiersfüßen und feierte im Elternhaus seiner Zukünftigen; und er selbst – nun, er hätte sich schon hindurchgefunden durch die einsamen Feiertage. Sie aber – nein, es war gut so, dieses kleine Abenteuer mitzumachen, da blieb ihr bestimmt keine Sekunde Zeit zu trüben Vergleichen mit anderen Weihnachtsfesten. So hatte er sich vorgenommen, alles, was sie ihm ansann, heldisch auf sich zu nehmen und diesen Weihnachtsritt wunderschön zu finden (solange er im Sattel blieb). Deshalb antwortete er, als sie fragte, wie der Gladur sich reite, frohgemut und tapfer: »Hervorragend. Der Trab erinnert an eine emsig ratternde Nähmaschine.«

Christine parierte ihren Falki durch, so dass die beiden Pferde nun nebeneinandergingen, und dehnte sich, während sie die Absätze nach unten drückte. Sie war schweigsam geworden.

Die Geschwister bogen in einen Feldweg ein, der von der großen Straße weg auf den Wald zuführte. Das Landschaftsbild war bezaubernd: leicht gewellte Gegend, rechts ein Flusstal, dem die Autostraße folgte, links Wald. Der hatte, obwohl Mischwald, sein weihnachtlichstes Kleid angezogen. Auf jedem Ast hing Schnee, und die Fichten streckten den Reitern dicke weißbepackte Bärentatzen entgegen.

Als Falki angaloppierte, fiel auch Gladur in Galopp. Und im Galopp, das gab Lutz sofort zu, zeigte die Ponyreiterei sich von der schönsten Seite: Gladur hatte einen weitausgreifenden, ruhigen Schaukelgalopp, der den Reiter mühelos vorwärtswiegte. Aufatmend klopfte Lutz seinem Wallach den Hals, nachdem sie wieder in Schritt gefallen waren.

»Nun, einverstanden?«, fragte Christine.

»Und ob!« Lutz fuhr sich über das Gesicht. Er war ein paar Monate nicht geritten und wollte das möglichst nicht merken lassen. Der Sattel war ungewohnt, aber die bereits ein wenig angerauten Stellen seiner Sitzfläche würden sich im Schritt sicher wieder beruhigen.

Er rückte sich zurecht.

»Wie weit ist es denn im Ganzen?«, fragte er beiläufig.

Christine überlegte. »Den direkten Weg können wir nicht reiten, den find ich bei diesem Schnee nicht. Er ist markiert, aber man sieht die Markierungen nicht gut. Gehen wir lieber auf Nummer sicher. Es sind höchstens – höchstens – na, vielleicht siebzehn, achtzehn Kilometer.«

»Hm.« Lutz beschloss abzuwarten. Er war noch nie achtzehn Kilometer am Stück geritten. Die Ponys gingen jetzt durch Unterholz, er musste achtgeben, dass er keine Zweige ins Gesicht bekam. Christine schlüpfte geschickt hindurch, er bewunderte sie insgeheim.

Dann erreichten sie einen Waldweg, auf dem es sich wieder leichter ritt.

»Einmal haben wir im Schlössle Silvester gefeiert«, erzählte Christine, »die ganze Familie Rombach – fünf Kinder haben sie – und die halbe Verwandtschaft dazu. Wir hatten mit zehn Mann gerechnet und waren dann zwanzig. Dem Silvesterpunsch, den der Pfarrer Rombach sowieso nicht sehr stark braut, bekam das nicht gut. Es hieß bei jedem Halblitermaß Wasser, das er dazuschüttete: ›Wieder ein lieber Gast mehr!‹ Aber schön war's und lustig. Wie wir zum Schluss alle zum

Schlafen unterkamen, das weiß ich heute noch nicht. Nun, die Nacht war ja nicht lang.«

»Seid ihr da auch hingeritten?«

»Nein, gewandert. Ein paarmal hab ich auch erlebt, wie der Pfarrer dort Waldgottesdienst hielt. Eine Kirchenfahne ist da, die steckt er aus dem Fenster, und dann predigt er vor Spaziergängern, die vorbeikommen, manchmal vor drei, vieren, manchmal vor vierzig, die sich ansammeln, je nach Wetter und Jahreszeit. Die Vögel zwitschern, und der Kuckuck ruft dazu.«

»Und den Schlüssel hat er dir gegeben?«

»N-nein, das heißt ...«

»Was heißt hier: nein?«, fragte Lutz verwundert.

»Ja also, das ist so.« Christine schien ein wenig verlegen. »Weißt du, wenn ich was gesagt oder geschrieben hätte, dann hätten Rombachs uns bestimmt für den Heiligen Abend und alle Feiertage sofort zu sich eingeladen. Sie sind unvorstellbar gastfrei und immer bemüht, es einem heimisch zu machen. Aber – nun, ich fand, wenn wir schon nicht in unserer Familie feiern, dann auch in keinem andern Familienkreis. Lieber du und ich, weißt du. Und da …«

»Da?«

»Da hab ich lieber erst gar nicht gefragt.«

Stille. Man hörte nur das gedämpfte Tappen der Hufe im Schnee. Nun aber besann sich Lutz auf seine Pflicht als älterer Bruder. »Ja und?«, fragte er streng. »Wir sollen nun ohne Erlaubnis dort einbrechen? Und wie willst du eigentlich hineinkommen in dieses Märchenschloss?«

Christine winkte ab. »Der Schlüssel ›liegt‹. Immer. Ich weiß genau, wo. Hinter der Türschwelle ist ein Spalt – ein Griff, und ich hab ihn.«

»Und da sollen wir heimlich – uns einschleichen?«

»Was heißt hier heimlich! Das schreibe

ich dem Pfarrer hinterher und bedanke mich, worauf du dich verlassen kannst. Weihnachten muss er doch predigen, da kommt niemand hier hinaus.«

»Christine, Christine! Ich glaube, du hast mich da in etwas hineingelotst, das …«

»Ach was, mach nicht ein so böses Gesicht. Komm, los, hier können wir galoppieren!«

Lutz schwieg. O über das listenreiche Weibervolk! Da hatte sie ihn nun so weit, dass er nicht mehr zurückkonnte.

Er nahm sich vor, später ernsthaft und energisch mit ihr zu reden.

»Sind wir richtig?«, fragte Lutz von Zeit zu Zeit, und Christine beteuerte dann immer sehr eifrig, sie wisse ganz genau …

Die Ponys gingen plötzlich nicht mehr munter und vorwärtsstrebend, sondern widerwillig und störrisch.

»Was haben sie denn? Ich kann mir das gar nicht erklären. Es ist, als wollten sie nicht mehr«, sagte Christine ärgerlich. »Vorwärts, du Faulpelz, desto eher kannst du dann ausschnaufen!«

»Hoffentlich versteht er die Logik«, murmelte Lutz. Er versuchte, seinen Gladur anzutreiben. Vergebens. Christine hatte es ihm ja geweissagt: es gibt Pferde, die gehen nur hinter oder mit anderen, nie voraus. Es war ein mühseliges Vorwärtskommen.

Auf einmal hielt Christine an. Es war, als horche sie – und dann wendete sie ihren Falki in eine andere Richtung, etwa rechtwinklig zu ihrer bisherigen. Und siehe da, jetzt ging es vorwärts, drängend und eifrig.

Lutz ließ seinen Gladur hinterherlaufen.

»Na, also!«, rief Christine triumphierend. »Die Pferde wissen genau, wohin wir wollen! Nur ich war im Augenblick falsch orientiert. Wir sind die Strecke schon ein paarmal mit ihnen geritten, und sie wollen in den Stall. Da ist der See!«

»Der Stausee?«

»Ja, natürlich.« Sie ließ ihren Falki am Ufer entlanglaufen und bog dann zielsicher in eine Schneise ab; es ging ein wenig bergauf, und unvermutet sah Lutz eine graue Mauer vor sich.

»Herzlich willkommen, Hochwürden!«, rief Christine übermütig und glitt aus dem Sattel. »Na, wie hab ich das gemacht? Und du hast natürlich die ganze Zeit über geglaubt, ich fände nie.«

»Hab ich *ein* Wort gesagt?«

Sie lachten einander an. Und dann bückte sich Christine, suchte – und hob gleich darauf die Hand hoch, einen blinkenden Gegenstand schwenkend. Den Schlüssel!

»Bitte sehr. Auch daran hast du nicht geglaubt!«

Sie schloss auf. Der untere Teil des quadratischen Baues war zur Hälfte Stall, zur anderen Schuppen. In der Ecke lag Pressheu in Ballen, ein paar Tränkeimer standen daneben. Lutz erkannte dies alles im aufblitzenden Licht von Christines Taschenlampe. Sie zogen die Pferde herein und nahmen ihnen die Sättel ab.

»Hier, lauf um Wasser«, bat Christine, »beide Eimer voll vom See. Du findest ihn doch? Für uns holen wir später welches von der Quelle. Licht und Wasserleitung kannst du in diesem Traumschloss natürlich nicht erwarten.«

Er ging. Als er zurückkam, standen die Ponys an der Raufe und kauten, und Christine, beide Satteltaschen über den Schultern hängend, schaute ihnen hingegeben zu. Sie stellte die Wassereimer so hin, dass sie nicht umgestoßen werden konnten, und riss sich dann los.

»Komm, Lutz, ich zeig dir den Wohnraum.«

Gemeinsam stiegen die Geschwister die steile Treppe hinauf.

Und dann – nein, Lutz bereute das »verrückte Unternehmen« nicht! – ein behaglicher Raum, Fenster nach allen Seiten, mittendrin ein dicker, altmodischer Ofen aus Lehm und Eisenplatten. An der Decke hing ein rotlackiertes Wagenrad mit vielen Kerzen drauf, darunter ein Waldhorn aus Messing.

Christine entzündete die Petroleumlampe.

An der Wand, der Tür gegenüber, sah Lutz ein schmiedeeisernes Kreuz, es musste sehr alt sein, darunter einen Immortellenkranz und viele Silberdisteln. Zwischen den Fenstern hatte man zinnerne Leuchter befestigt, die offensichtlich aus alten Kutschen stammten, und an den drei Wänden, die nicht vom Ofen unterbrochen waren, lief eine breite, mit Polstern und Decken belegte Bank um den riesenhaften, die Hälfte des Raumes einnehmenden Tisch. Auf den Simsen standen Kerzenhalter, bunte Schalen, Holzschüsseln und Bauernteller, auch eine kleine geschnitzte Krippe befand sich dabei. In einer Ecke schloss ein blaugewürfelter Vorhang wohl das Regal mit den Kochutensilien ab.

»Wahrhaftig, hier ist gut sein!«, rief Lutz und ließ sich auf die Bank nieder, fuhr aber sofort wieder hoch. So ganz genussvoll sitzen konnte er doch nicht. Christine, die gerade ein Streichholz in den Ofen geschoben hatte, sah ihn verschmitzt an.

»Das gibt sich. Komm, komm, jetzt holen wir erst einmal Trinkwasser und unsern Christbaum.«

Als das Feuer richtig brannte, liefen sie miteinander hinunter, und Christine tastete sich mit der Sicherheit einer Indianersquaw durch den Wald. Sie fand die Quelle, ohne einen Meter falsch zu gehen, leuchtete suchend eine Anzahl Fichtenbäumchen ab und entschied sich dann für das kleinste.

»Hier. Du hast hoffentlich dein Taschenmesser dabei. Ja, so. Wir stellen es in einen Blumentopf.«

Im Wohnraum prasselte das Feuer, als sie wieder hereinkamen, und der Kessel, den Christine aufsetzte, fing schon nach wenigen Minuten an zu singen. Inzwischen hatte sie die Wachskerzen aufgesteckt, einen andern Schmuck bekam das Bäumchen nicht, und gleich darauf roch es herrlich bitter nach Kaffee.

»So, nun trink erst einmal und wärm dich, und einen Happen essen müssen wir auch«, sagte sie. »Wie spät ist es eigentlich, halb sieben? Nun, gerade die richtige Zeit für die Bescherung. Bist du nicht mächtig gespannt, was du bekommst?«

»Und du?« Er lächelte zurück. Und dann mussten sie lachen, als jeder für den andern, ein wenig verlegen, ein eingewickeltes Buch unter den Baum legte. Christine zündete die Kerzen an, löschte die Lampe und reichte Lutz das Neue Testament. Sie hatte Lukas zwei aufgeschlagen.

Lutz räusperte sich und begann. –

»Du, ich hab mir's schön gedacht, so schön aber nicht«, sagte Christine nach langer Zeit, in der sie schweigend in die

Kerzen geblickt hatten. »Ganz anders als sonst, aber wunderbar. Danke, dass du mitkamst.«

»Bitte.« Mehr sagte er nicht, aber sie hörte, was er damit meinte. Er hatte ein wenig in seinem kleinen Band geblättert, einer Gedichtsammlung, jetzt schaute er seine Schwester an. Sie wirkte mit ihren langen Reithosen – die Stiefel hatten sie abgelegt und dafür Bastsandalen an den Füßen –, in ihrer bunten Lappenjacke eigenartig bildhaft, fast schön. Lutz hatte sich nie viel Gedanken darum gemacht, ob seine jüngste Schwester hübsch sei oder nicht. Jetzt beobachtete er eine Zeit lang ihr Mienenspiel, das im Licht des Feuers wechselte, und dabei wurde ihm bewusst, wie wenig er doch von ihr wusste. Man sah sich hin und wieder, man schrieb sich zu Geburtstagen – kaum jemals kam man zu einem richtigen Gespräch. Musste das so sein? Vielleicht ergab sich jetzt eine Gelegenheit?

Als sie weiter schwieg mit einem sehr

gesammelten Gesicht, das ihm ungewohnt vorkam, fragte er sachte: »Woran denkst du?«

»An Weihnachten. Ja, das ist wohl naheliegend«, sagte sie, »und jetzt gerade dachte ich an meinen Chef, wenn du nichts dagegen hast. Oder fragtest du ›bloß so‹, wie wir als Kinder sagten?«

Er verstand, was sie meinte. »Nein, nicht ›bloß so‹, Christine. Viel zu oft fragt man ›bloß so‹, und der andere antwortet genauso, also obenhin, flüchtig, ›danke, gut‹. Ich wollte wirklich wissen, was dich beschäftigt – falls es etwas ist, worüber du sprechen magst«, setzte er ein wenig scheu hinzu. »Denke bitte nicht, ich erwarte jetzt irgendwelche Geständnisse, weil wir nun einmal hier zusammensitzen. Früher hast du mir übrigens manchmal etwas von dem erzählt, was dich sehr nahe anging. In der Zeit, in der man so allein ist, so zwischen siebzehn und zwanzig ungefähr. Da waren wir gute Freunde, weißt du noch?«

»Ja. Du hast mir damals viel geholfen.« Christine sah lebhaft zu ihm auf. »Und deshalb können wir auch heute gern über das sprechen, was mich am Wickel hat. Ich schlage mich schon eine ganze Weile damit herum.«

»Ja, man merkt es dir an. Eine Liebesgeschichte? Eine Entscheidung, soll ich oder soll ich nicht?« Er sagte es so nett, dass sie gar nicht auf den Gedanken kam, diese Frage als neugierig zu empfinden.

»Liebesgeschichte nein, Entscheidung ja«, antwortete sie prompt und völlig sachlich. »Aber wichtig, sehr sogar. Siehst du, hier fühle ich das ganz besonders deutlich, hier und jetzt, wo wir beide beieinandersitzen und Weihnachten feiern, von Herzen, ganz allein, ohne Äußerlichkeiten, die stören oder ablenken. Ja, das hängt eng damit zusammen.

Ich habe eine gute Stellung bei einem Augenarzt, das weißt du ja. Ich wünschte mir diesen Beruf, weil ... Ja, am allerliebsten hätte ich wie Jochen Medizin studiert, aber ich traute es mir dann doch nicht zu, dass ich die große Verantwortung ein Leben lang verkraften könnte. So gab ich den Plan auf. Aber dabei sein, helfen, mitmachen – das wollte ich gern. Deshalb bat ich die Eltern, Arzthelferin werden zu dürfen.«

»Und bist du nun davon enttäuscht?«, fragte Lutz.

Christine schüttelte heftig den Kopf. »O nein. Vor allem anfangs nicht. Da war ich in einer Kleinstadtpraxis, beide waren Ärzte, sie und er. Und sie waren noch jung und hatten mächtig zu tun, eigentlich mehr, als man auch zu zweit schaffen kann. Es ging im Grunde nur, weil sie sehr gut aufeinander eingespielt waren; einer machte die Sprechstunde und einer die Besuche, und ich half beiden. Wir waren immerzu im Trab, kamen oft kaum zum Essen. Die Frau Doktor besaß nämlich eine Fähigkeit, die man früher fast als erste von einem Arzt erwartete und die sich heutzutage die wenigsten noch leisten können: sie nahm sich *Zeit*, dort, wo es nötig war. Sie ging auf ihre Patienten ein. In England sagt man von einem solchen Arzt: ›He is a good bed-sitter.‹ Und das ist sehr wichtig, finde ich.«

»Und ob. Das wissen wir auch, wir Theologen«, sagte Lutz. »Zeit ist ein kostbares Gut. Alles schreit: Keine Zeit, keine Zeit! Jedenfalls keine Zeit für den *anderen*.«

»Ja! Nicht wahr? Für sich selbst hat jeder welche«, fiel Christine ein. »Für Fußball oder Fernsehen und Reisen und was weiß ich. Doch für den anderen, den Mitmenschen, da ist keine übrig. Aber diese Frau Doktor verstand die Kunst, mit ihrer Zeit so umzugehen, dass sie für jeden da war, der sie brauchte.«

»Ja, ich weiß, wie das ist.« Lutz lächelte.

»Jetzt möchte *ich* fragen: woran denkst du?«

»An eine Geschichte, die uns im zweiten Semester einer unserer Professoren erzählte. Sie passt genau hierher. Ein junger Geistlicher ist den allerersten Tag im Amt, da kommt eine ältere Frau zu ihm, die viel Kummer mit ihrer Familie hat. Und als sie merkt, dass der ›neue Herr Pastor‹ ganz Ohr ist, gerät sie ins Erzählen und redet und redet und redet, drei Stunden hintereinander. Alles kommt zutage, was sie bekümmert oder beängstigt, Schwierigkeiten mit dem Mann und den Söhnen und den Nachbarn, Bitterkeit, weil sie in diesen Schwierigkeiten steckengeblieben ist. Unser junger Pastor konnte nicht einen einzigen Satz dazwischenschieben, so unaufhaltsam lief ihr Redestrom. Und dann auf einmal war der Behälter ihres Kummers leergelaufen. ›Ich danke Ihnen, Herr Pastor‹, sagte sie aus tiefstem Herzensgrund und schüttelte ihm die Hand fast aus dem Gelenk, ›ich danke Ihnen tausendmal. Nein, wie Sie mir geholfen haben!‹ Sie war ganz getröstet, und er hatte doch nur zugehört; das war alles.«

»Ja, das ist's!«, rief Christine. »Zuhören muss man können. Und das konnten meine Doktors. Dort war ich wirklich gern.«

»Und warum bist du nicht bei ihnen geblieben?«

»Sie sind ausgewandert. Nach Kanada. Ich wollte nicht mit. Ich glaube, ich kann nirgends anders leben als in Deutschland. Es gibt solche Menschen, ich kann mich nicht ändern.«

»Du brauchst dich doch deshalb nicht zu entschuldigen«, sagte Lutz ein wenig belustigt. »Und dann?«

»Dann wechselte ich die Stelle. Und jetzt komm ich auf das, was ich sagen wollte. Ich bin nun zwei Jahre bei meinem Chef, eben bei dem Augenarzt, und habe ein gutes Gehalt. Trotzdem, ich möchte nicht bleiben, selbst wenn ich anderswo weniger verdiene. Natürlich muss es Augenärzte geben, aber das, was ich mir von meinem Beruf erhoffte, das hab ich dort nicht gefunden.«

»Er ist doch aber eine Kapazität?«

»Ist er. Und Fachärzte sind nötig. Aber ich möchte lieber dorthin, wo der ganze Mensch behandelt wird, verstehst du.«

»Auch für den ganzen Menschen denke ich es mir wichtig, ob er zum Beispiel gut sehen kann«, meinte Lutz, »ob zu operieren ist oder nicht, ob man ihm helfen und raten kann …«

»Natürlich. Du hast völlig recht«, fiel Christine ein, »aber solche Fälle sind verhältnismäßig selten. Und wenn mein Chef im Krankenhaus operiert, bin ich gar nicht dabei. Und es gibt doch viele Mädchen in meinem Beruf, die gern so eine Stellung hätten. Eine anständig bezahlte, wo man genau geregelte Freizeit hat und keinen Sonntagsdienst und nachts seine Ruhe.

Mein Chef ist soweit nett. Aber mit meinen beiden Doktorsleuten hält er keinen Vergleich aus. Zum Beispiel Weihnachten. Oder besser: gerade Weihnachten. Wie die sich um die Patienten kümmerten, die einsam waren – oder die zum Fest noch aus dem Krankenhaus heim wollten – oder denen es besonders schlecht ging, sodass sie und die Pflegenden getröstet werden mussten.

Mein jetziger Chef kümmert sich überhaupt nicht um Weihnachten. Am Zweiundzwanzigsten hat er zugemacht, bis zum sechsten Januar. Für mich ist das natürlich herrlich, ich habe sozusagen bezahlten Urlaub. Trotzdem.

Er geht Schilaufen. Bitte, dagegen ist nichts zu sagen. Jeder, wie es ihm passt. Aber es ist alles so unpersönlich, verstehst du, und gerade Weihnachten … Er sagte, das wäre etwas für sentimentale Naturen, Stimmungsmache, so drückte er sich aus. Zu solchem ›Klimbim‹ gäbe er sich nicht her. Das sei in seiner Familie nie üblich gewesen. Die ganze Schenkerei sei doch nur Protzentum. Man erledige das viel besser in bar. Er fahre also in die

Schweiz und seine Frau nach Rom, und die Kinder – sie sind etwa in unserm Alter – könnten machen, was sie wollten. Eine Tochter ist schon verheiratet.

Es ist nicht das Einzige, was mir dort nicht gefällt. Aber es hat mich doch getroffen, gerade dies Jahr, wo ich wusste, dass die Eltern nicht da sein würden. Und wie schwer es Mutter genommen hat, obwohl sie sich um Vaters willen nichts anmerken ließ. Und wie froh sie war, als ich ihr sagte, wir beiden würden zusammen sein.

Weihnachten ist *das* Fest, finde ich. Nicht nur für Kinder. Dass Christus geboren, Mensch geworden ist, um die Welt zu erlösen, das ist so wunderbar – wir dürften es keine Sekunde vergessen, das ganze Jahr lang nicht. Aber wie Menschen schon sind … Und da ist dies alte Brauchtum doch so schön, dass man zu einer bestimmten Zeit feiert und sich daran erinnert.

Das ist kein Kitsch und kein Klimbim,

wie er sich ausdrückte, mein Chef. Es ist das überwältigendste Ereignis des Jahres. Christus hat sich uns geschenkt, nun sollen wir nach besten Kräften versuchen, auch zu schenken, zu geben, soviel wir geben können, dem andern, dem frierenden oder traurigen Mitmenschen. Und natürlich allen, die wir lieb haben.«

Alles, was Christine ihrem Chef gern gesagt hätte, das kam nun wie ein Sturzbach heraus – obwohl Lutz eine solche Predigt eigentlich nicht nötig hatte.

»Es ist jetzt beinahe Mode geworden, gegen das Schenken zu eifern. Es verflache und verfälsche Weihnachten, wird gesagt. So sollte man Weihnachten nicht feiern. *Wie* man es aber feiern soll, das sagt niemand dazu.

Ich aber weiß, wie man feiern soll. Wie bei uns zu Hause, mit seliger Vorfreude und heimlichem Zurechtmachen der Geschenke für die andern, mit langem Überlegen, womit man Vater und Mutter überraschen könnte. Mit Liedern, alten und neuen, und vielleicht auch einmal einem Krippenspiel, wenn genug Geschwister da sind. Als bei uns noch alle heimkamen, was war das schön! Ich sehe Mutters Gesicht noch, wie es glänzte, wenn der Letzte der sehnsüchtig Erwarteten eintrudelte. ›Nun seid ihr alle da, Gott sei gelobt‹, sagte Mutter dann. War das nicht ein richtiges Weihnachten? Sag, Lutz!«

»Doch, Christine.« Lutz sah seine Schwester sinnend an. »Trotzdem sollte man nicht alle Menschen nach dem gleichen Maß messen. Vielleicht hat dein Chef nie Eltern gehabt, die ihm Weihnachten schön machten.«

»Ich weiß nicht. Vielleicht. Doch ich möchte lieber weg. Was mir aber im Kopf herumgeht, ist ein Gespräch zwischen den Eltern, das ich halb mitbekam – damals, als Martina von ihrer Schulbehörde in die Industrie wechselte. Vater war ziemlich aufgebracht. ›Man läuft nicht einfach davon, wenn man eine Aufgabe übernommen hat‹, meinte er, ›ich finde es unanständig, einen Chef und die Mitarbeiter im Stich zu lassen, solange keine zwingenden Gründe vorliegen. Treue im Beruf ist eine gute Vorübung für die Treue in der Ehe.‹«

»Bei Martina lag die Sache einst anders. Ein Mann steckte dahinter, ein junger Chemiker, der sie als Sekretärin haben wollte. Vater sah die Gefahr und hat dann eine große Dummheit verhindert. In deinem Fall hätte er gewiss nichts dagegen, dass du wechselst. Deine Gründe sind überzeugend.«

»Meinst du? Ich möchte einen Arbeitsplatz wie bei meinen alten Doktors. Am liebsten auf einem Dorf – wo man vielleicht auch reiten kann«, setzte sie verschämt hinzu und lachte.

Lutz musste auch lachen. »Ich glaub, Christine, du hast recht. Wir sind eben vom Dorf, und es wird uns immer dahin ziehen. Geh du zu einem warmherzigen Landarzt, da passt du hin. Nicht nur des

Reitens wegen, aber eine angenehme Zugabe wäre es natürlich. Hast du schon etwas in Aussicht?«

»Verschiedenes. Du findest es also auch richtig, dass ich wechsle? Und wirst es Vater gegenüber vertreten? Da bin ich beruhigt. – Und jetzt bekommst du etwas Ordentliches zu essen. Vorhin, das war ja nur ein Ohnmachtshappen. Nein, bleib sitzen, und während ich es zurechtmache, können wir singen. Weißt du noch, wie wir dreistimmig ›Drei Könige wandern aus Morgenland‹ übten, Martina und ich oben und du den Kantus firmus? Und ›In dulci jubilo‹ in dem wunderschönen Satz? Und ›Es ist ein Reis entsprungen‹, zweistimmig, von Reisiger? Niemand kennt das mehr außer uns, Mutter hat es sich aufgeschrieben, wenn die Thomaner es sangen. Aber auch die brachten meist das andere, das von Praetorius. Dabei ist das von Reisiger viel lieblicher, ganz zart …«

Das Feuer knackte, und bald brutzelte

es in der Pfanne. Christine hatte ein weißes Tuch ums Haar gebunden und sah wieder aus wie früher, fand Lutz, kindlich und unbekümmert fröhlich. Sie hatte einen klaren, frischen Sopran. Er improvisierte die zweite Stimme, und sie freuten sich beide, wenn es gut zusammenklang. Immer neue Lieder fielen ihnen ein. So hatten sie früher beim Abtrocknen gesungen, in der alten, großen, ein wenig unpraktischen Pfarrhausküche, und diese Stunde nach Tisch war ihnen dadurch in schönster Erinnerung geblieben.

»Und jetzt gehen wir zu den Pferden und bringen ihnen die Weihnachtskost«, bestimmte Christine, als sie gegessen hatten. »Nein, die nachdenkliche Zigarre – ich weiß, dass du neuerdings Zigarren rauchst –, die gibt es erst nachher! Hier, trag den Eimer, es ist Mischfutter, ich hab es vorhin absichtlich noch nicht gegeben. Und unten im Schuppen liegen Rüben, von denen bekommen sie etwas hineingeschnitten. Da fressen sie langsamer und mit mehr Genuss. Kannst du die Stalllaterne noch tragen? Danke.«

Es war eine alte viereckige schmiedeeiserne Laterne; Lutz betrachtete sie entzückt. Und dann tasteten sie sich die steile Stiege abwärts und traten in den Stall. Gladur und Falki schnaubten ihnen entgegen und streckten dann prustend die Nasen in die Krippe.

»Brav wart ihr, und morgen dürft ihr raus«, versprach Christine und legte jedem einen kleinen Fichtenzweig in die Raufe, den sie sogleich mit den weichen Lippen aufnahmen und mit hinuntermalmten, dass man den angenehm bitteren Geruch deutlich wahrnahm.

Christine lehnte sich an ihren Falki und schaute in das Licht der Stalllaterne. »Ob wohl die Eltern auch schon beim Feiern sind?«

»Wahrscheinlich denken sie jetzt gerade an uns«, sagte Lutz lächelnd.

Christine nickte. »Natürlich. Ich hab ihnen telegrafiert: ›Feiere mit Lutz im

Schlössle‹, noch ehe ich wusste, ob du auch mittust.«

»Kennen sie das Schlössle denn?«

»Ja. Sie waren einmal mit Rombachs hier. Und fanden es genauso hinreißend wie du und ich. Gute Nacht, ihr beiden, und schlaft schön!« Sie rieb ihr Gesicht an Falkis Wange, steckte dann den Ponys noch eine aus der Hosentasche gegrabene Mohrrübe zu. »Als Betthupferl, gelt! Und morgen machen wir einen weiten Schneeritt – und übermorgen wieder. Morgen ist auch noch Weihnachten, hört ihr? Weißt du noch, Lutz, Mutter sagte uns das immer zum Trost, wenn wir die Augen kaum mehr offen halten konnten und doch noch nicht ins Bett wollten.«

»Ja, das weiß ich noch«, sagte Lutz verträumt. »Ich glaube, ich weiß noch alles …«

Der Wohnraum hatte sich jetzt herrlich durchwärmt, und der Kessel sang schon wieder. Christine kramte ein wenig in den Vorräten, vielleicht fand sie doch etwas, woraus sich ein Weihnachtspunsch machen ließ. Aber Rombachs schienen im Schlössle auf Abstinenz zu halten.

»Oder er hat am vierten Advent alles selbst ausgetrunken«, sagte Lutz und streckte sich behaglich auf der Bank aus, »lass nur, ich bin auch punschlos glücklich. Lies mir lieber ein paar Gedichte vor, ich glaube, diese Sammlung ist sehr gut. Dass wir uns gegenseitig auch noch Gedichte schenken! Wir sind eben doch aus demselben Stall. Viel hätte nicht gefehlt, da wäre es sogar dasselbe Buch gewesen. Ich hatte das andere, das du mir geschenkt hast, in der Buchhandlung wahrhaftig auch in der Hand. Dann nahm ich aber doch lieber den Münchhausen-Band. Wenn du ihn nicht magst, gib ihn mir wieder.«

»Nicht mögen – Münchhausen?! Den hab ich mir doch schon lang gewünscht. Sogar die Idyllen sind drin. Pass auf, jetzt lesen wir das ›Weihnachtsfest‹ oder den

›Schlehenspaziergang‹ oder ›Sonnabend nachmittag im Schnee‹ …«

»Eins nach dem andern.« Lutz rollte sich auf den Bauch. »Los, fang an!«

Christine zog sich den bunten Fleckelteppich zum Ofen, setzte sich vor die offene Ofentür und schlug den Band auf. Mit angezogenen Knien hockte sie da, und das Haar fiel ihr in die Stirn, während sie sich im Schein des Feuers über das Buch beugte.

»Nun duftet hold nach Wald der ganze Saal –«

Aber bei den Idyllen blieb es nicht. Lutz lachte in sich hinein, als Christine bald bei den Reiterliedern ankam, und er konnte nicht einmal spotten, als sie las: »Weißverschneite Weserberge, winterstilles Heimatland …« Und dann die muntere Geschichte mit dem Pagen:

*»Im selben Sattel saßen sie*
*und küssten sich und küssten sich.«*

»Jetzt aber musst du auch noch die Lederhosen-Saga lesen!«, wünschte er sich.

»Gleich. Aber nicht den Todspieler, bitte verlang den nicht! Sonst gruselt es mich entsetzlich, obwohl Weihnachten ist und die ganze gute Engelschar unterwegs.«

»Glaubst du?« Lutz sah sie amüsiert an. »Glaubst du, dass in dieser Nacht …«

»Bums«, ging es in diesem Augenblick.

Lutz schwieg, und beide horchten.

»Die Pferde«, sagte Christine mit etwas dünner Stimme, »natürlich die Pferde. Die bumsen immer mal an die Krippe, und das klingt so hohl. – Doch, ja, ich meine, die Engel sind heute unterwegs. Gerade jetzt, in den Raunächten, in denen sich doch sonst so vielerlei unheimliches Gesindel in den Lüften herumtreibt.«

»Bums«, ertönte es wieder. Diesmal hielten beide den Atem an. »Bums –«

»Das waren nicht die Pferde«, flüsterte Lutz. Christine schüttelte den Kopf.

Dann horchten sie wieder. Es scharrte unten an der Treppe. Dann kratzte etwas an der Wand entlang. Und dann hörte man ein tappendes Geräusch.

Jeder hat wohl schon einmal etwas Ähnliches erlebt. Aber jedem ist dann wohl auch eine Gänsehaut über den Rücken gelaufen – *einmal* könnte es ja wirklich etwas zum Fürchten sein. Und wenn man so allein in der Christnacht in einem einsamen Schlössle sitzt, zu dem tagelang kein Mensch hinfindet, ohne Hund, ohne Nachbarn, ohne Telefon …

»Du, da kommt jemand!«, hauchte Christine, sprang dann, die Beine anziehend, katzenleise empor und stand auf Strümpfen an der Tür. Auch Lutz war aufgesprungen und horchte. Ihm ging in fliegender Eile tausenderlei durch den Kopf.

Wenn jemand kam, irgendein böses Element? Wenn es mehrere waren, vielleicht Betrunkene? Es konnte ja auch jemand anderes als Christine beobachtet haben, wie Pfarrers den Schlüssel »legten«. Wenn … Wie schnell man denken kann! Und wie schnell handeln! Lutz zog seine Schwester von der Tür weg und schob sie, ohne einen Laut zu verursachen, in die Küchenecke, drückte sie an der Schulter nach unten. Sie gehorchte, hockte sich auf die äußere Kante des untersten Brettes, und er zog den blaugewürfelten Vorhang vor sie. Dann lief er wieder zur Tür.

Schritte, die Treppe herauf. Kein Zweifel, das waren Schritte. Zwei, drei – wieviel Stufen hatte die Stiege eigentlich? Sie hätten unten zuschließen müssen, vorhin, von innen. Unverantwortlich, dass sie nicht daran gedacht hatten! Noch mehr Stufen. Jetzt hörte man die Schritte schon nahe, obwohl es leise, schleichende waren. Das gerade empfand Lutz als sehr unangenehm. Wer mit gutem Gewissen kommt, kann ruhig fest auftreten. Nein, der da draußen schlich. Jetzt tastete etwas nach der Klinke. Und jetzt …

Die Tür ging einen Spalt breit auf. Lutz

blickte in ein kräftiges, frostrotes Gesicht unter einer altmodischen Ohrenklappenmütze. Der Mann sah aus, als käme er von sehr weit her, und Lutz sagte, ohne es zu wollen oder zu wissen, besser: *es* sprach aus ihm, rollend und im schönsten Predigerton: »Andra moi ennepe, Mousa polytropon, hosmala polla (Sage mir, Muse, die Taten des vielgewanderten Mannes)«, den Anfang der Odyssee. Und sogleich, als habe er hier in der nächtlichen Einsamkeit einzig auf dieses Stichwort gewartet, fiel der andere ein, ebenso rollend im Tone des geübten Kanzelredners: »Planchthe, epei Troies hieron ptoliethron eperse (Welcher so weit geirrt nach der heiligen Troja Zerstörung).« Und dann, in Deutsch übergehend: »Gott zum Gruße, junger Bruder im Amte, welch wundersames Zusammentreffen!« Er war dabei zur Tür hereingetreten, hatte sie hinter sich zugemacht und beide Hände auf Lutz' Schultern gelegt.

Lutz stand und genoss die Situation,

obwohl sie ein wenig peinlich für ihn war. Schließlich spielte *er* ja in diesem improvisierten Schauspiel den Eindringling.

»Herr Pfarrer Rombach, nicht wahr?«, fragte er endlich, und der andere nickte.

»So ist es. Nun aber lüftet auch Ihr den Schleier Eurer Herkunft und saget mir an …«

»Herr Pfarrer Rombach! Und Ihretwegen muss ich hier versteckt auf Gewürzdosen sitzen!«, rief Christine in diesem Augenblick aus ihrem Versteck heraus und sprang vor. »Das ist mein Bruder Lutz, von dem ich Ihnen schon erzählt habe. Wie schön, dass Sie da sind! Ist die ganze Familie hier? Und wie sind Sie hergekommen? Zu Fuß? Oder auch im Sattel?«

»Mit dem Rosse des Stahles, das letzte Ende zu Fuße«, begann der Ankömmling, noch immer im Rhythmus Homers. Dann aber nahm er die Mütze vom Kopf, ließ sich in einen Stuhl vorm Feuer sinken und atmete tief auf.

»Dass ihr da seid, ihr beiden!«, sagte er halblaut. Jetzt klang seine Stimme ganz anders, die Geschwister hörten es beide.

»Was ist? Geht es Ihnen nicht gut?« – »Und warum kommen Sie allein?« – »Wollten Sie hier den Weihnachtsabend ...«

Christine und Lutz fragten das alles rasch durcheinander.

Der Pfarrer schaute auf. »Meine Frau ist zu Anne gefahren. Vorhin eben. Annes Mann rief an.«

Anne war die einzige Tochter des Pfarrers, sein jüngstes Kind. Alle Söhne waren längst Familienväter.

»Und?«, fragte Christine dringend.

»Und ich mach mir Sorgen. Sie ist doch als Kind einmal vom Pferd gestürzt, hat die Rossnarretei ja von mir mitgekriegt. Damals brach sie das Becken. Ja, es ist erstaunlich gut verheilt, aber jetzt, beim ersten Kind, weiß man natürlich überhaupt nicht – der Arzt meinte ...« Er strich sich über das Gesicht.

Christine hatte eine Tasse Tee eingeschenkt und hielt sie ihm hin, mit herzlicher Gebärde. »Bitte, Herr Pfarrer, trinken Sie! Sie müssen sich zuerst aufwärmen. Und wir ziehen Ihnen die Schuhe aus, warten Sie …«

Sie wollte schon zupacken, als Lutz sie beiseite schob. »Das kommt mir zu.« Er fasste erst den einen, dann den andern Stiefel des alten Herrn und zog ihn ab.

»So, und nun gibt es was zu essen!«

»Dass du da bist, Christine!«, sagte der alte Herr, und es klang so dankbar, dass Christine ganz weich zumute wurde. Hatte sie sich nicht hier eingeschlichen? Und nun tat er, als erwiese sie ihm eine Wohltat.

»Weißt du auch, dass ich mir das sofort dachte, als ich oben Licht sah und dann die Pferde hörte? Natürlich war ich zuerst bei den Pferden, es sind die von Professor Schroeder, nicht wahr? Morgen muss ich sie unbedingt probieren, ich wollte schon immer …«

Jetzt erinnerte sich Lutz, dass Christine von dieser pferdebesessenen Pfarrersfamilie erzählt hatte. Rombachs besaßen kein eigenes Pferd, aber die Söhne ritten Turniere, und der Vater selbst ritt im Dorf, wo es nur möglich war, ein Ross zu besteigen. Er hatte sogar einmal, was die Gemeinde sich noch heute mit Stolz erzählte, ein durchgehendes Pferd mit dem Lasso gefangen, vom Rücken eines anderen Pferdes aus, wobei er allerdings den Sattel räumte. Christine schilderte diese bereits legendäre Geschichte, und der Pfarrer warf erklärende Worte dazwischen.

»Kinder, bin ich froh, dass ihr da seid!«, sagte er nach einer Weile noch einmal. »Ich hatte doch ziemliche Angst vor diesem einsamen Weihnachtsabend, noch dazu mit einer solchen Sorge auf dem Herzen; das ist nicht einfach.«

»Vielleicht geht alles gut«, sagte Christine. »War es denn schon richtig losgegangen, als Ihr Schwiegersohn anrief?«

»Erst allererster Probealarm, so sagte er. Aber meine Frau hatte keine Ruhe mehr. Sie fuhr direkt in die Klinik, meinte aber, vor morgen früh könne sie mir bestimmt keinen Bescheid geben. Und da hielt ich es im Haus nicht mehr aus und bin mit dem Fahrrad losgefahren. Aufs Telefon passt Frau Hähnel auf, die oben bei uns wohnt; wenn also doch ein Anruf kommen sollte, nimmt sie ihn an. Ich glaub es aber nicht. Und dann fuhr ich und fuhr – und unterwegs fiel mir ein, ich könnte ja ins Schlössle und dort bleiben. Bis zur Predigt am zweiten Feiertag bin ich längst wieder daheim. Es war, als zöge mich etwas her. Das warst du, Christine, du warst mein guter Engel. Deine Eltern sind verreist?«

»Ja. Das wussten Sie? Wie schön, dass Sie nun hier sind! Was können wir Ihnen noch bieten? Einen Grog leider nicht, das wäre natürlich im Augenblick das Beste. Aber wir haben nicht einen Tropfen Alkohol mit.«

»Nein? Wie gut, dass das Alter vorsorgt.« Der Pfarrer lächelte. »Dort hängt meine Jacke. Greif mal in die linke Innentasche.«

Christine gehorchte. Eine flache Flasche mit Schraubverschluss. Lutz nahm sie in Empfang und ging damit zum Ofen. Fachgerecht und mit männlichem Ernst machte er sich an die Herstellung eines starken Grogs.

Er wurde deftig. Christine verschluckte sich erst und hustete, nachdem sie einen Schluck genommen hatte, und die Männer lachten sie aus. Überhaupt schienen die beiden Theologen, der alte und der junge, auf einen Ton abgestimmt zu sein. Sie verstanden einander, genau wie bei der griechischen Begrüßung, auf Anhieb und ohne Mühe.

Die Wachskerzen am Baum knisterten und verlöschten eine nach der andern. Das letzte Licht, an einem Zweig ganz unten am Baum, brannte noch eine Zeit lang allein und malte einen deutlichen

Schatten der oberen Äste an die Balkendecke des Raumes.

»Jetzt ist das Schulmeisterlein heimgelaufen«, sagte Christine verträumt, als auch dieses Licht verglomm.

Der Pfarrer nahm die große, armdicke Kerze, die auf dem Bord gestanden hatte, und entzündete sie am Feuer. »Wer müde ist, soll sich langlegen. Ich werde wohl keinen Schlaf finden in dieser Nacht«, sagte er entschuldigend.

Die beiden Geschwister betrachteten ihn liebevoll gerührt. »Wir sind auch nicht müde, überhaupt nicht«, versicherten sie.

Das entsprach der Wahrheit. Trotz des Schneerittes, der vielen frischen Luft und des steifen Grogs fühlten sie sich angeregt und wollten nichts lieber als dem alten Herrn die Zeit verkürzen. Keins hatte allein sein wollen in dieser Nacht, so hatten sie sich gefunden. Sie sangen noch ein wenig, wobei des Pfarrers gewaltiger Bass eine schöne Grundlage abgab, und dann fing er an zu erzählen.

Es war merkwürdig, wie lebendig alles bei ihm wurde. Eigentlich waren es keine Geschichten, aber man konnte meinen, er habe dies alles selbst erlebt oder beobachtet. Wie die Tiere in der ersten Weihnacht miteinander redeten, damals sprachen sie lateinisch. Da krähte der Hahn: »Christus natus est!«, und die Ziege meckerte, weil alle andern Tiere nun wissen wollten, wo er denn geboren sei: »Betlem, Betlem!« Und das Schaf blökte: »Emaus, Emaus!« Und wie Josef von Arimathia vor den Heiden nach England floh und dort seinen Stab in die Erde stieß, da fing dieser an zu blühen. Das geschah in Glastonbury, wo König Artur begraben liegt, einer der würdigsten Kämpfer für den Christenglauben.

Aber auch von anderem erzählte der Pfarrer. Als er hörte, dass die Mutter der beiden Geschwister in der Thomaskirche in Leipzig konfirmiert worden war und viele Motetten gehört hatte, wurde er ganz lebhaft. Er war selbst dort Thomaner und Alumnat gewesen und hatte die schönsten Erinnerungen an jene karge, aber durch die Musik so erhellte Zeit.

»Bei uns drehte sich alles, alles um die Musik«, erzählte er, »wir hatten einen prachtvollen Kantor, der für und mit uns lebte, alt schon, aber weise und gütig und trotzdem immer zu Spiel und Scherz aufgelegt. So brachte er es fertig, mit uns Jungen im Schlafsaal Verstecken im Dunkeln oder Schinkenklopfen zu spielen und sich schnellstens zu verbergen, wenn der Hebdomadar, der Diensthabende, erschien und nach der Ursache des Radaus forschte. Wir Jungen hatten uns in die Betten geworfen und lagen da, klopfenden Herzens, die Nase im Kissen, und machten Gesichter wie die Engel, unschuldig und rein und dem Schlummer hingegeben. War der Hebdomadar aber wieder raus, dann kicherte es aus allen Ecken, und wir sprangen wieder auf, um weiter zu toben, sodass der gute Kantor alle Mühe hatte, uns wieder zur Ruhe zu bringen. Denn wir mussten am andern Morgen zeitig heraus, und da gab es keine warmen Waschräume oder gar heiße Duschen, sondern alles war kalt und hart, und das Frühstück spartanisch, jawohl. Dann aber, in der Kirche, wenn wir uns kälteschauernd aneinanderdrängten und uns der Atem vor den Mündern stand, sobald wir sangen, dann war es, als hebe die Musik das Kirchendach, und himmlisch strömte es auf uns hernieder, wenn wir sangen: ›Jauchzet, frohlocket, auf, preiset die Tage!‹ oder das süße: ›Jesu, meine Freude‹ …«

Er erzählte auch anderes. Wie er im Krieg Weihnachten im Osten erlebte, verbissen gegen die wütende Kälte ankämpfend, und einmal in Frankreich, in einem der Loireschlösser, bei schmeichelndem Wein und in beschwingter, vielleicht allzu beschwingter Gesellschaft. Da war er schließlich in den Stall gegangen und hatte sich zu den Pferden gesetzt, und dort endlich war der richtige Weihnachtsfriede über ihn gekommen.

»Obwohl ich nichts gegen ein gutes Glas Wein habe«, sagte er heiter, »ich wünschte, ich könnte euch hier eins kredenzen. Aber auf dem Fahrrad nimmt man keine Flaschen mit.«

Und vom ersten Weihnachten nach der Gefangenschaft berichtete er. Seine Frau war ihm entgegengefahren, und sie trafen sich am Heiligabend nach unendlichen Irrfahrten doch noch, auf einem verdreckten, zerbombten, mit kahlen, verbogenen Eisenträgern überrippten Bahnhof irgendwo in Thüringen. Kein Sitzplatz war mehr frei, überall saßen und lagen zerlumpte und erschöpfte Gestalten mit Koffern, Säcken, Kartons um sich her; sie beide aber hatten eine Treppenstufe gefunden, auf der sie sich ausruhen konnten. Und sie hatten nebeneinander gehockt, schweigend, manchmal für ein paar Augenblicke einnickend, dann wieder auffahrend und einander ansehend:

du bist da, es ist kein Traum. Friede auf Erden – ach, nur das, nur das! Friede, und einander nahe sein dürfen; alles andere würde sich finden.

»Es hat sich gefunden, und wie!« Der alte Herr lächelte. »Jetzt sitzt man im Warmen, sogar in einem Schloss …«

»Einem Schlössle«, verbesserte Christine lachend.

»Ist mir auch lieber! Tausendmal lieber als jedes richtige Schloss – an der Loire oder sonst wo.«

Christine saß auf dem Teppich neben seinem Stuhl und blickte ins Feuer, und Lutz hatte sich bäuchlings auf der Bank ausgestreckt. Sie vergaßen, auf die Uhr zu sehen. Als der Weihnachtsmorgen mit klirrender Kälte und weißgoldenem Licht zum Fenster hereinblendete, war die Gruppierung nicht viel anders, nur dass Christines Kopf an des Pfarrers Knien lehnte und sie sich nachher vor Gliederschmerzen kaum rühren konnte. Kein Wunder bei dieser Schlafstellung! Die

Männer hatten ihre praktischer gewählt. Lutz behauptete sogar, er habe selten so tief geschlafen.

Dieser Morgen! Christine ging natürlich zuallererst zu den Pferden und versorgte sie mit Heu und Wasser. Als sie mit dem Trinkwassereimer wieder heraufkam, prasselte das Feuer, und Pfarrer Rombach unterrichtete seinen jungen Kollegen in der Kunst, sich unelektrisch zu rasieren.

»Stoppelbart am heiligen Weihnachtsmorgen, das gibt es nicht! Wollen wir uns um die Wette schaben?«

Später, beim Kaffee, spürten die Geschwister, dass ihr alter Freund etwas auf dem Herzen hatte. Er rutschte auf seinem Stuhl hin und her und sah bald Lutz, bald Christine prüfend an. Schließlich fragte er, wie lange sie hier noch bleiben wollten. Christine meinte, das hänge von Lutz ab, sie selbst habe Zeit. Freilich seien sie ja seine, des Pfarrers, Gäste und müssten überhaupt froh sein, bleiben zu dürfen.

»Unsinn, so war's nicht gemeint«, unterbrach er sie, »ich wollte nur … Nun, dass ich heute nach Hause möchte, könnt ihr euch denken. Vielleicht ist eben doch ein telefonischer Bescheid da. Könnte ich nicht vielleicht wenigstens ein Stück des Weges …?«

»Nun?«, fragten Christine und Lutz wie aus einem Munde, als er stockte.

»Ein kleines Stück davon – reiten?«

Beide lachten, und Christine rief laut und begeistert: »Kein kleines – ein großes Stück, die ganze Strecke! Sie bekommen den Falki!« Von der andern Seite her bot ihm, allerdings etwas leiser, Lutz gleichzeitig sein Pony an.

»Da sitz ich nun zwischen Skylla und Charybdis«, jammerte er; aber Christine sagte, er könne ja sowieso nur eins auf einmal reiten, und vielleicht sei es besser, Lutz schwinge sich aufs Fahrrad, während sie mit dem Pfarrer reite. Dass man ein schwaches Weib nicht allein per Rad durch die verschneiten Wälder schicken könne, sei ja klar. Sie hatte erkannt, dass Lutz sich an diesem Tag auf einem Fahrradsattel vielleicht wohler fühlte als zu Pferde.

So wurde es denn beschlossen. Christine räumte das Zimmer schön auf, während die Männer über einer Generalstabskarte saßen und die Straße, die Lutz radeln würde, mit Rotstift markierten. Er musste natürlich eine andere Route wählen als die Reiter, konnte aber bald auf die große Straße gelangen; da kam er wahrscheinlich schneller vorwärts als die beiden anderen.

»Das werden wir erst mal sehen«, sagte der Pfarrer, »unter mir wird der Gladur gehen wie ein Sturmwind.« Trotzdem beschrieb er Lutz die Lage seines Hauses ausführlich. »Frau Hähnel lässt Sie herein, wenn Sie von mir grüßen. Auf dem Rad wird man verteufelt kalt – also warten Sie ja nicht draußen auf uns!«

Die Ponys, ausgeschlafen und munter, spürten natürlich genau, dass es in Richtung Heimat ging, und ließen sich nicht bitten. Es war windstill, und die Sonne glitzerte auf dem Neuschnee der Äste, dass es ein tausendfaches Farbenspiel gab. Grün, hellrot, weißbrennend leuchtete es den geblendeten Augen entgegen, und der Himmel hinter den Baumspitzen war fast silbern und färbte sich dann nach oben hin in blasses und später in kräftigeres Blau.

Sie ritten einen kleinen Umweg, um Dörfer zu vermeiden. Manchmal unterhielten sie sich, manchmal schwiegen sie. Christine merkte, wie der alte Herr, je länger sie ritten, desto ruhiger und zuversichtlicher wurde. Endlich hielten sie am Waldrand, von dem aus man sein Gemeindedorf erstmals sah. Christine schaute den Pfarrer an, und der erwiderte ihren Blick.

»Gottes Wege sind nicht unsere Wege«, sagte er still, »wir wissen es alle. Aber wir wissen auch, dass denen, die Gott lieben, alle Dinge zum Besten dienen, alle, Christine. Wozu also bange sein? Vorwärts, Kind, der, den der Engel führt, ist auf dem richtigen Weg. Wollen wir galoppieren?«

»Ja, los!«

Christine klopfte ihren Falki mit dem Schenkel, und wie ein Falke schoss er los, Gladur hinterdrein. Der Schnee stäubte um sie. Erst am Dorfeingang fielen sie in Schritt; es ging durch ein paar kleine Straßen und Gassen, die zur Pfarre führten.

Prustend tappten die Isländer über den festgetretenen Schnee. Das Dorf sah aus wie aus einem Weihnachtskalender herausgeschnitten, mit beschneiten Dächern und bunt angezogenen Kindern, die auf der Gasse rodelten.

Christine spähte voraus. »Da! Lutz ist wahrhaftig schon hier!«, rief sie, als sie um die letzte Ecke bogen. Wirklich, da stand ihr Bruder am Hoftor des Pfarrhauses, Frau Hähnel neben ihm, und beide winkten. Lutz' Gesicht war froh und hell, sodass man gleich sah: Hier wartete eine *gute* Botschaft auf die beiden Heranreitenden.

Sie parierten durch, Christine sprang ab und hielt das Pferd des Pfarrers, während dieser absaß. Er klopfte Gladur den Hals und nahm dann seine komische Ohrenmütze ab, ehe er Lutz die Hand entgegenstreckte.

»Sie heißen mit Vornamen Hans Christian, nicht wahr?«, fragte Lutz und versuchte, sein Strahlen hinter einer spitzbübischen Miene zu verbergen. »Ihre Tochter lässt fragen, ob Ihr Enkel auch so heißen darf. Er sähe Ihnen jetzt schon ähnlich. Nur Haare habe er mehr – und rabenschwarze statt weißer …«

»Die Anne«, sagte der alte Herr, »meine kleine Anne! Hat einen Sohn. Und wenn sie so was sagen lässt, dann geht es ihr bestimmt gut.« Er lachte, während er sich ganz schnell über die Augen wischte.

## *Besuch am Heiligabend*

Mutter ließ die Hände einen Augenblick sinken und horchte. War das Andreas' Schritt? Man hörte hier jeden, der kam, schon eine Weile den Dachboden entlangtappen, wenn man allein war und darauf achtete. Es war ein kleines lustiges Spiel, zu raten, wer kam. Andreas' Schritt glich dem seines Vaters. Mutters Herz machte sich bereit, loszuklopfen – wenn Andreas da war, konnte man sagen: Jetzt fängt Weihnachten an.

Aber immer saß da noch eine verborgene Angst in irgendeiner Falte, ob nicht doch noch etwas dazwischenkäme.

Nein, es war nicht Andreas. Trotzdem lächelte Mutter, als die Tür aufging. Es war Onkel Pan. Er hatte natürlich geklopft, und auch jetzt trat er so ein, dass man von vornherein sah, wie er sich für sein Hiersein, ja für seine ganze Existenz entschuldigte. Mutters Enttäuschung, dass es nicht Andreas war, wurde sogleich von einem warmen Gefühl hinweggeschwemmt.

»Aber da gibt es doch nichts zu entschuldigen, im Gegenteil«, sagte sie herzhaft, »wirklich nicht! Ich bin sowieso noch wach, sehen Sie, und freue mich, ein wenig Gesellschaft zu haben. – Außerdem warte ich auf Andreas.« Sie fügte das hinzu, damit er auch wirklich merkte, wie lieb es ihr war, dass er kam.

»Ja, der bin ich nun leider nicht«, sagte er und blickte sie an.

Mutter lächelte dankbar. Onkel Pan war Jurist, irgendein gewesener Rat, was für einer, das konnte sie nie behalten. Aber immer wieder staunte sie, dass ein Mann dieser Fakultät solch ein zartes Einfühlungsvermögen haben konnte wie er; sie stellte sich unter Juristen stets Männer von unerbittlicher Strenge vor. Onkel

Pan drängte einem seine Ansichten nie auf, aber man fühlte sofort, dass er einen verstand.

»Kommen Sie, ich habe schon eine Büchse voll fertig. Sie sollen Tee dazu bekommen«, sagte sie und stellte eine Blechdose mit Pfefferkuchen auf die Ecke des Tisches, die Tasse dazu. Ihre Hände waren mehlig. Als sie den Stuhl heranrückte, lachte sie. »Eigentlich müsste ich ihn jetzt mit der Schürze abfegen. So macht man es doch bei Küchenbesuchen?«

Da saß er, Onkel Pan, alt und fein und schmal, und war ihr, nur durch sein Dasein, ein rechter Herzenstrost. Sie hatte diesen Rest Tee eigentlich morgen früh selbst trinken wollen. Wenn sie abends so lange arbeitete, war es morgens wohltuend, sich mit Tee aufzumuntern. Aber sie tat, als habe sie noch reichlich davon.

»Nein, nein, ich weiß doch, wie gern Sie ihn mögen. Und ich selbst möchte nicht. Wissen Sie, wenn ich Tee getrunken habe, horche ich doch nur die ganze Nacht.«

»Er kommt wahrscheinlich doch erst morgen, oder sogar übermorgen«, Onkel Pan hatte sie genau verstanden.

Mutter seufzte. Sie ließ das Nudelholz über den Teig rollen; es polterte ein wenig. Dann legte sie es weg, schaute nach dem Feuer, öffnete die Backröhre und blieb davor hocken, obwohl sie noch keinen von den darin duftenden Kuchen herausnehmen musste.

»Ich weiß so wenig von ihm«, sagte sie gedämpft. Dann schwiegen sie beide.

Es war das erste Mal, dass sie dies aussprach. Eigentlich kam es ihr selbst überraschend. Alle Welt beneidete sie darum, wie gut sie sich mit ihren Kindern verstand, und es war vielleicht ein bisschen Eitelkeit, dass sie diese gute Meinung aufrechterhielt. Ganz besonders »das reizende Verhältnis zwischen Ihrem Ältesten und Ihnen«. Oh, sie hatte das oft gehört. Und es hatte ihr, so oder so, eben doch gut getan.

Onkel Pan rührte in seiner Teetasse. Man hörte es deutlich durch das Knacken des Feuers hindurch. Mutter drehte sich nicht um, schloss nur die Ofenklappe und legte ihr Gesicht in die bemehlten Hände. Es war warm hier, und sie wartete nun schon so lange. Nicht nur heute, wenn sie ehrlich war – ach, sie gestattete es sich doch sonst nie, zu weinen. Tränen sind vergeudete Kraft, und sie brauchte ihre Kraft. Aber man konnte sich ja nicht immer, immer nur zusammennehmen.

»Man muss wohl fort gewesen sein und Umwege gemacht haben, damit man heimkommen kann«, sagte Onkel Pan jetzt leise. Er sagte es so vor sich hin, trank dann und stellte die Tasse behutsam wieder ab.

Mutter versuchte, so zu atmen, dass man nichts hörte. Ach ja, Umwege. Fort sein. Sie war ja auch fortgegangen von ihrer Mutter. Freilich, wie weh sie ihr damals damit getan hatte, das ahnte sie erst jetzt.

»Darf ich Ihnen dies hierlassen?«, fragte Onkel Pan und legte einen zusammengefalteten Zettel neben die geleerte Tasse. »Ihre Pfefferkuchen sind übrigens ganz ausgezeichnet.«

»Aber Sie dürfen doch noch nicht gehen«, sagte Mutter und richtete sich auf. »Nein, keinesfalls. Es ist so schön, dass ich nicht allein bin.«

Er lächelte und setzte sich wieder. Und dann begann er sachte, nach den anderen Kindern zu fragen.

Mutter wurde eifrig. Ja, an Angela hatte sie viel Freude. Sie sei die Beste in ihrer Klasse, so frisch und munter und immer vergnügt und so nett mit den Kleinen. Angela war das Kind, das ihr wohl am nächsten stand, obwohl sie damals, als es geboren wurde, sehr enttäuscht gewesen war, dass es ein Mädchen war.

Onkel Pan lächelte. »Wir Männer werden fast immer überschätzt«, sagte er,

»jaja. Ich habe die wertvollsten Menschen fast immer unter den Frauen gefunden.«

»Ich hatte damals auch ein sehr schlechtes Gewissen«, sagte Mutter entschuldigend, »aber verdient habe ich es nicht, dass Angela so wurde, wie sie ist. Übrigens, meines Mannes Liebling war sie immer.«

Onkel Pan nickte. Er hatte oft gehört, wie sehr Vater Angela geliebt hatte, in seiner stillen, zuschauenden, leicht amüsierten Weise. Denn Vater war ganz anders gewesen als Angela, das genaue Gegenteil im Temperament.

»Und Anselm?«, fragte er vorsichtig.

»Ach ja, Anselm.« Mutter seufzte und hob mit dem Messer die heißen Kuchen vom Blech. »Anselm ist eben mein Sorgenkind. Merkwürdig, dass ich – gerade ich – keinen richtigen Jungen bekommen habe. Auch Andreas war eigentlich nie einer. Und Anselm … Andreas hat sich doch wenigstens immer gewehrt, wenn die andern frech wurden. Er hat den einen oder andern in aller Stille vermöbelt. Ein Raufbold war er nie, aber in Respekt gesetzt hatte er sich doch irgendwie. Anselm ist eine Memme, wie Angela sagt.«

»Ich glaube, ich war auch eine, als ich so alt war wie er«, sagte Onkel Pan heiter. »Jedenfalls weiß ich, dass ich nie gerauft habe.«

Mutter lachte. Vorhin hatte es so wohlgetan, zu weinen, und jetzt tat das Lachen gut. Du lieber Gott, freilich hatte Onkel Pan nie gerauft. Und er hatte sich trotzdem durchgesetzt im Leben, war etwas geworden, hatte sich – allein zurückgeblieben von all den Seinen – eine Altersweisheit erworben, die einer, der nichts verloren hatte, kaum erreicht hätte.

Ach, wie gut, wie gut es tat, dies zu sehen und zu begreifen!

»Er ist ungewöhnlich begabt, der Junge, außerordentlich musikalisch, nicht wahr?«, sagte Onkel Pan jetzt. »Ja, ich sprach neulich zufällig mit seinem Lehrer.«

Mutter hörte zu, während sie aufs Neue Pfefferkuchen ausstach und auf das Blech legte. Und sie war schon wieder getröstet, als Onkel Pan nach Annemone fragte.

»Annemone macht mir keinen Kummer«, sie lachte, »dazu verursacht sie zu viel Ärger. Ich glaube, man kann nur das eine oder das andere an Kindern erleben. Ärger ist das leichtere.«

Auch Onkel Pan lachte. Annemone – im Alter zwischen Angela und Anselm – ach ja, Kummer machte sie nie. Und der Name passte für sie wie die Faust aufs Auge. Sie war weder zart noch blass, noch süß; oder doch, ja, süß war sie – in ihrer Art. Platzend vor Leben und Einfällen, mit braunroten, blanken runden Wangen und einer herrlich harten, glatten Kinderstirn, mit zerkratzten Armen und Beinen. »Annemone ist der einzige

Junge unter meinen Kindern«, sagte Mutter mitunter. –

Es war spät geworden, als aller Teig verbraucht war. Mutter wickelte einen kleinen Stapel Pfefferkuchen in buntes Weihnachtspapier und gab es Onkel Pan.

»Obwohl Sie ja am Heiligen Abend wieder bei uns sind, nicht wahr? Aber bis dahin müssen Sie ja auch was haben«, sagte sie und hielt seine Hand. Er lächelte sie durch die Brille an, dankbar, obwohl doch wahrhaftig *sie* zu danken hatte.

»Und nun schnell schlafen, nicht wahr? Umso eher kommt Andreas.«

Er ging. Mutter räumte noch ein wenig zusammen, bemüht, die getroste Stimmung, die er in ihr hinterlassen hatte, aufrechtzuerhalten, bis sie einschlief. Freilich würde Andreas kommen. Er war doch bisher jede Weihnachten gekommen!

Als sie die Teetasse wegnahm, sah sie den Zettel liegen. »›Der Sohn‹. Von Noemi Eskul.«

*Er kommt zu mir, beschwingt von*
*fremdem Ton,*
*aus seinen Tagen wie von anderm*
*Stern,*
*erfüllt von dem, was ich nicht sah:*
*mein Sohn,*
*mein eigen Fleisch, mir unerreichbar*
*fern.*

*Dies ist ein Leben, das mir nicht gehört,*
*das eben mein noch war – und schon*
*entglitt.*
*Nun muss ich ahnen, was ihn freut und*
*stört,*
*und mühsam raten, was er heut noch*
*litt.*

*Was bleibt mir? Still. Der Mund.*
*Die Stirn.*
*Die braunen geliebten Wangen und*
*das helle Haar …*
*Und – aller Mütter Los – das leise*
*Staunen,*
*das tiefe Staunen, dass ich ihn gebar.*

So lang erwartet, kam Andreas dann ganz plötzlich und überraschend.

Mutter hatte die Nacht vom Dreiundzwanzigsten bis zum Vierundzwanzigsten durchgearbeitet, obgleich sie am vierundzwanzigsten frei hatte. Der Betrieb, in dem sie beschäftigt war, hatte ihr als der Einzigen ihrer vier Kinder wegen den Tag ganz geschenkt. So hatte sie in der Nacht alles, aber auch alles vorbereitet – den Baum, die »Plätze« der Einzelnen, das Mittagessen und den Salat, den es am Abend gab. Sie hatte die frische Wäsche der Kinder herausgerichtet – und sich selbst schließlich am Morgen zu Bett gelegt.

Angela wusste Bescheid.

Als Mutter aufwachte, waren alle fort, zu einer Schulfeier, wie sie berichtet hatten. Und Andreas war da. Er saß auf ihrem Bettrand und lachte.

Ach, war das ein Weihnachtsmorgen! Alle Arbeit hinter sich, draußen eine fröhliche, helle Sonne auf dem bisschen

Schnee, der diesmal wirklich bleiben wollte, wie es schien. Eisblumen glitzerten am Fenster, also war es kalt geblieben. Und der große Sohn war da!

Mutter sagte nichts. Sie streckte ihm die Hand hin und sah ihn an und lachte mit nassen Augen. Größer war er auch wieder geworden – ja, wuchs er denn noch immer? Und das Haar trug er jetzt kürzer, aber noch immer glatt zurückgekämmt. Seine Zähne waren weiß und ein ganz klein wenig bläulich wie Emaille. Er war der schönste Sohn, auf den je eine Mutter stolz gewesen war.

»Nein, du bleibst liegen«, gebot er strengvergnügt, »der Kaffee ist schon fertig. Ich habe welchen mitgebracht. Für dich, eigentlich solltest du ihn ja erst heute Abend bekommen, nun habe ich ihn also schon angebrochen. – *Gut* siehst du übrigens aus«, sagte er und lachte wieder.

Mutter fühlte, dass sie rot wurde wie ein Mädchen.

Ach, und es war so süß, hier zu liegen

und es gut zu haben und in den Zügen des Sohnes nach denen des Vaters zu suchen. Wenn man ihn lange nicht gesehen hatte, fand man die Ähnlichkeit leichter, so wie auch Fremde eher als die eigenen Eltern sehen, wem ein Kind gleicht. Mutter lag und ließ diese Gedanken um sich spielen wie Schmetterlinge, nach denen man nicht greift, die man, im Halbschatten träumend, mehr fühlt als sieht. Aber die Stirn ist es *doch*, dachte sie, während sie antwortete: »Ja, zwei Stück Zucker, heute!« – und vor allem sind es die Augen, immer noch. Dieses schimmernde, dieses unwahrscheinliche Blau.

Andreas hatte acht Tage Urlaub. Er hatte gut verdient – so ließ er durchblicken, ein junger Mann *sagt* so was ja nie – und war zufrieden mit seiner Stelle. Der Obersteiger sei ein umgänglicher Mann, ja, gewiss, Launen hätten Vorgesetzte immer, und im Pütt sei es halb so wild. Er sprach wie ein alter Grubenarbeiter.

Es war etwas Neues um den Jungen. Um den jungen Mann, fühlte Mutter. Andreas war kein Junge mehr. Aber – ihre Brust hob sich in einem unmerklichen Atemzug – vielleicht war es gut, dass es so war. Mit dem Jungen hatte sie nichts mehr anfangen können, der junge Mann kam zu ihr zurück. Ach, Mutter wusste, dass man in dem zarten Miteinander von Eltern und Kindern nichts in eine feste Formel fassen kann. Man konnte nur, wenn es war und währte, beglückt und dankbar fühlen: es *gab* eine Brücke. Nicht immer, aber mitunter – nie bestimmt und verlässlich, aber wenn, dann so beseligend wie ein Regenbogen über nassem Land.

»Siehst du, so hab ich mir das ausgemalt«, sagte er jetzt und goss ihr den Rest Kaffee in die Tasse, »nein, *ich* trinke nichts mehr, *du* trinkst. Ich will mich ja hinhauen, und du wirst vermutlich aufstehen und herumjagen.«

Sie schüttelte den Kopf. Aber er süßte

ihr den Kaffee und hielt ihn ihr gebieterisch hin.

»Nichts da, auch wenn du nicht jagst. Deshalb bin ich die Nacht durchgefahren, wegen dieses Frühstücks. Hübsch, wenn sich Träume erfüllen.«

»Nein, Mutter, im Ernst. Wir wollen auch einmal unter uns sein. Gerade zu Weihnachten. Dass du das nicht verstehst!« Angela hatte zu den dunkelblauen Skihosen ihren knallroten Pullover mit dem Rollkragen an, den sie sich selbst gestrickt hatte. Er stand ihr großartig. Alle Frische des Wintermorgens draußen hatte sie ins Zimmer gebracht. Mutter sah dies alles, nahm es deutlich wahr, vielleicht umso deutlicher, als ihr die Worte der Fünfzehnjährigen erstaunlich herzlos erschienen. So herzlos, dass sie, Mutter, zunächst nichts erwiderte.

Anselm und Annemone standen hinter Angela, wirklich und anscheinend auch im übertragenen Sinne. Anselm verlegen und unangenehm berührt; er blickte nach unten und versuchte, im Stehen die Sohlen seiner Schuhe aneinanderzupassen. Dadurch machte er eine o-beinige und sehr unglückliche Figur. Annemone dagegen hieb in Angelas Kerbe.

»Ja, Mutter. Immer lädst du Leute ein, fremde Leute – andere Mütter tun das doch auch nicht. Und immer müssen wir auf sie Rücksicht nehmen.«

»Als ob unser Weihnachten ein Theater wäre, eine Schaustellung«, vollendete Angela leise, aber erbittert.

Mutter fühlte, wie ihr die Röte ins Gesicht stieg. Nicht aus Zorn – zornig war sie vorhin gewesen –, nein, aus einem andern Grund. Hatte Angela recht?

Natürlich hatte sie nicht recht. Theater, Schaustellung; wer konnte so etwas behaupten! Sie lud diese alten und einsamen Menschen ein, um ihnen eine Freude zu machen, fertig. Verstanden das die Kinder nicht? Und Rücksicht nehmen – wer verlangte denn so etwas! Über das

Altcr, in dem man laut jubelt vor Glück oder mit den neuen Schlittschuhen über die Diele poltert, war Angela doch wohl hinaus. Trotzdem war sie, Mutter, unsicher geworden.

»Und dann müssen wir singen! Immer sagst du: ›Singt doch mal den Kanon ‚In dulci jubilo' oder die ‚Weihnachtsnachtigall' polyfon, oder das und das zweistimmig!‹ Wir wollen nicht vorgeführt werden«, sagte jetzt Annemone.

Es klang herzerfrischend bockig, und Mutter fühlte wieder Grund unter den Füßen. »Na, weißt du, Annemone, ich glaube, singen gehört nun einmal zu Weihnachten«, sagte sie und tat das vielleicht ein bisschen zu sehr ab, »würdet ihr denn nicht auch singen, wenn wir allein feierten?«

»Das wäre etwas anderes«, beharrte Angela. »Tu uns doch den Gefallen, Mutter, bitte. Wir wollen Weihnachten *ein*mal so feiern, wie *wir* möchten.«

»Und wie möchtet ihr also?«

»Allein. Allein mit dir«, sagte Angela unbeirrt.

Dieses Kind hatte eine Art, auf ein Ziel loszugehen und dabei zu bleiben, dass wohl auch andere, festere Gemüter schwankend geworden wären.

Vielleicht wäre Weihnachten wirklich schöner allein mit den Kindern. Sicher sogar. Aber muss man denn immer alles *ganz* wollen? Auch, wenn man damit den andern das bisschen Licht und Wärme vorenthält, das man ihnen, bei ein wenig Rücksicht und Verzicht, bescheren könnte?

»Tun dir denn die alten Leute nicht leid?«, fragte sie. »Onkel Pan stört doch wahrhaftig nie; er ist der rücksichtsvollste Mensch, dem ich begegnet bin. Und Frau Kienel! Erstens ist sie aus unserer Gegend, und dann –«

Mutter schwieg. Viel mehr, als dass sie »aus unserer Gegend« und alt und einsam war, konnte man über Frau Kienel nicht sagen. Aber sie war stets so herzlich dankbar, dass sie Weihnachten nicht allein zu sitzen brauchte – und, du lieber Himmel, sie störte doch nicht.

»Und dann die beiden Fräulein Krause …« Mutter verstummte.

»Ach, die ollen Wachteln. Wenn ich die schon sehe«, sagte Annemone frech. »Außerdem ist man zu zweit nicht einsam.«

Mutter fühlte, wie ihr die Tränen in die Augen schossen, Tränen der Empörung und der Beschämung. Dass ein Kind, eins ihrer Kinder, so sprechen mochte, sprechen konnte! Und dies Kind war in warmer Liebe aufgewachsen, freilich ohne Vater, aber doch unter Geschwistern, die es liebten, umhegt, umsorgt, in einer guten und gesunden Luft. Kinder sind grausam, wie oft hört man das. Dass es aber die eigenen sind – und gerade zu Weihnachten!

Mutter fühlte das Ganze wie eine unverdiente Strafe: gerade zu Weihnachten. Hatte sie selbst nicht auch ein klein wenig Anspruch darauf, glücklich zu sein? Mussten ihr die Kinder gerade heute diesen Kummer machen? Denn es war wirklich ein Kummer, es tat weh – nicht dass sie, Mutter, diese Besuche so hart entbehren würde, aber um der Kinder und ihrer Einstellung willen tat es weh.

Sie wollte dies sagen oder doch etwas Ähnliches, etwas, was die Kinder erfassen und einsehen könnten. Dass auch sie, Mutter, Anspruch auf Frieden und Freude und ein richtiges, ganzes Glück habe heute …

Aber du warst doch heute schon glücklich, ganz glücklich, oder nicht? Heute früh, als Andreas dich weckte? Warst du es da nicht? Bist du nicht im Grunde genauso kindisch und begehrlich und nie zufrieden wie die Kinder? Dass du immer alles *ganz* haben willst? Glück ist kein Zustand, Glück ist kurz, jedes Mal nur von der Dauer eines leuchtenden Blitzes. Weißt du das immer noch nicht?

Sie schaute auf, verwirrt; dabei begegnete sie Angelas Blick, der, ein wenig unsicher geworden, forschend in den ihren zu dringen versuchte. Im selben Moment sahen beide weg.

»Wir wollen Andreas fragen«, sagte Mutter in einem plötzlichen Entschluss, »ja? Er soll entscheiden. Wenn er sagt, wir wollen allein sein …«

Angela schwieg einen kleinen Augenblick. »Gut«, sagte sie gedämpft.

Mutter wusste, dass ihre Sache nicht günstig stand. Wenn sie jetzt Andreas weckten, wenn er, übermüdet, unausgeschlafen, verdrießlich – und das musste er ja sein nach der durchfahrenen Nacht und den Arbeitstagen vorher –, damit geweckt wurde: Bitte entscheide. Höre aber erst uns an – und mich – und … Außerdem hatte er selbst nicht gern Besuch. Alle, die zu ihr, Mutter, kamen, um Rat, um Aussprache, um menschliche Nähe und Wärme, betrachteten die Kinder zum Mindesten mit Abstand, meist mit Ablehnung. Sie hatte dies immer gewusst und sich nicht weiter darum gekümmert. Jetzt betrübte es sie. Sie wollte ja vor allem den Kindern ein schönes Weihnachten schaffen. Freilich …

Ja, freilich! Aber es half nun also nichts. Immerhin hatte sie insofern Glück, als sie Andreas nicht zu wecken brauchte. Er erschien, im Schlafanzug und mit verstrubbeltem Haar, gerade in dieser Sekunde von selbst, das Handtuch überm Arm und die Zahnbürste hinters Ohr gesteckt.

»Ich glaube, es ist besser, ich stehe jetzt auf«, sagte er und gähnte endlos.

Mutter blickte ihn mitleidig an.

»Hör mal, Andreas«, setzte Angela ein.

Mutter aber winkte ab. »Lass ihn sich doch erst mal waschen«, sagte sie halblaut.

Als er wiederkam, ermuntert durch das kalte Wasser, fühlte Mutter eine kleine, schüchterne Freude in sich aufkeimen. Es war wie ein Hauch – einmal wird die Zeit kommen, da du deine Sorgen vertrauensvoll in diese jungen Hände legst. Da du mit anderen, wichtigeren Entscheidungen zu ihm kommen wirst: Sag mir, wie ich handeln soll. Jahrelang hab ich selbst entscheiden müssen anstelle des Vaters. Jetzt bist du, Sohn, so groß, dass du mir tragen hilfst … Sie legte ihre Hände ineinander. Andreas setzte sich. Sie hatten in der Küche zu Mittag gedeckt, weil die Weihnachtsstube »verboten« war. Aber alles war sauber und mit Tannengrün geschmückt, festlich und schön.

Sie saßen am gedeckten Tisch. Mutter ließ Angela sprechen.

Eins musste sie zugeben: Angela machte ihre Sache gut. Sie wurde nicht heftig und gehässig. Was sie sagte, leuchtete ein.

Sie hätten es nun jahrelang ohne Widerspruch hingenommen, dass Mutter dies so hielt – dass sie Weihnachten stets fremde Leute einlud. Freilich sei das gut gemeint, und sie selbst seien ja auch dafür, etwas abzugeben. Aber nicht gerade *das.* Der Weihnachtsabend gehöre nun einmal der Familie.

»Und wenn man keine mehr hat?«, fragte Mutter leise.

»Du hast ja auch Vater nicht mehr und sitzt trotzdem nicht und nimmst übel«, sagte Angela jetzt heftiger. »Ich weiß – viele aus meiner Klasse haben ebenfalls keinen Vater mehr –, andere Mütter sind anders. Gerade Weihnachten weinen sie und jammern und lesen in alten Briefen, und die Kinder müssen auf Zehen gehen und trösten, und es ist ihnen schrecklich. So bist du nicht, Mutter, nein, und das erkennen wir wohl an. Aber wir möchten …« Sie verstummte. Es war ja alles gesagt.

Mutter sah Andreas an.

»Ich kann mir nicht helfen, Mutter, ich finde, Angela hat recht«, sagte er nun langsam. »Ob es nicht *ein*mal auch anders geht? Wir könnten uns nach der

Bescherung richtig unterhalten, *wirklich*, nicht nur so – mit Frau Kienel und Krauses, na, du weißt ja …«

»Und mit Onkel Pan? Kann man mit dem nicht wirklich sprechen?«

Andreas zog die Augenbrauen hoch. »Doch, das kann man. Onkel Pan ist ein wirklicher Mensch. Aber können wir ihn ein- und die andern ausladen?«

Freilich, das konnte man nicht.

»Wir können überhaupt nur *aus*laden, denn eingeladen sind sie, alle vier, wie jedes Jahr«, sagte Mutter jetzt, sich aufraffend. »Hört zu. Ich gebe nach. Ihr sollt euern Willen haben und euer Weihnachten, wie ihr es euch wünscht. Aber ihr könnt nicht erwarten, dass ich jetzt hingehe und zu diesen vier Leuten sage: ›So und so. Meine Kinder wollen Sie nicht haben. Bitte kommen Sie also nicht.‹ Versteht ihr? Wenn ihr sie nicht haben wollt, geht selbst hin und sagt ihnen ab. Einverstanden?«

Stille. Dann Anselms weinerliche Stimme: »So soll *ich* wohl gehen? Und allein? Aber …«

»Oder ich? Ich denke nicht dran«, protestierte Annemone mit flammenden Augen.

Angela fuhr dazwischen. »Ihr werdet nicht gefragt. Was Mutter sagt, ist richtig. Wir wollen die Leute nicht, und wir müssen es ihnen sagen. So meinst du doch auch, Andreas?«

Das war so ganz Angela, fand Mutter, wacker und mutig und zu ihrem einmal gefassten Entschluss stehend. Sie konnte nicht anders als dies gutheißen. »Wasch mich, aber mach mich nicht nass!«, nein, das war nicht Angelas Art. Sie stand zu ihrem Wort, also musste auch sie, Mutter, es tun.

»Gut. Es passt sogar ausgezeichnet, vier Besuche, vier Kinder. Jeder geht zu einem. Du, Andreas, zu Onkel Pan – das ist dir doch das liebste, nicht? Zwei Männer unter sich. Zu Frau Kienel gehst du, Angela. Und die beiden Kleinen zu Krauses. Zu zweit ist es leichter für euch. In Ordnung, ja? Aber dann sobald als möglich, damit wir es hinter uns haben.«

»Wir«, sagte Mutter und stellte sich damit in die Reihe der Kinder. Angela empfand das dankbar. »Ja. Gleich nach dem Essen!«, sagte sie und rückte hinüber auf ihren Platz.

Die andern folgten ihrem Beispiel, zögernd, lange nicht so entschlossen wie sie. Während Mutter die Suppe vom Herd herüberholte, dachte sie, dass Angela doch vieles im Haus bestimmte, ohne dass sie, Mutter, es merkte. Das kam wohl so, wenn man außer Haus arbeitete. Ach ja, vieles kam davon, dass die Väter fehlten und die Mütter verdienen mussten. Schweigend gab sie die Suppe aus. Keiner sprach. Es war ein nachdenkliches und auch bedrücktes Mittagessen an diesem vierundzwanzigsten Dezember …

Mutter saß in der dämmerigen Küche – sie hatte sich nicht entschließen können,

Licht zu machen – und wartete. Drüben war alles fertig, sie brauchte nur noch die Kerzen anzuzünden. Abend war es zwar noch nicht, aber sie pflegten noch aus den Jahren her, da die Jüngsten klein waren, zeitig zu bescheren und erst nachher in die Christnacht zu gehen. Mutter versuchte, der Bedrückung Herr zu werden, die ihr Herz beschwerte. Aber es gelang ihr nicht.

Gerade das, gerade, dass die Kinder nicht abgeben und die Hände weiterreichen mochten, aus dem Kreis der engsten Familie hinaus, betrübte sie so. Sippenegoismus ist und bleibt Egoismus, und zu Weihnachten sollte man doch mehr als sonst an die anderen denken.

Mutter dachte an Vater. Er war solch ein guter Mensch gewesen, ein Mensch, der aus dem Vollen lebte und abgab und nie fragte, was für ihn selbst zurückblieb. In diesem Sinne hatte sie versucht, ihre Kinder zu erziehen, nachdem er im dritten Kriegsjahr gefallen war, kurz nach

Anselms Geburt. Sollte ihr das gänzlich misslungen sein?

Sie horchte auf – Schritte. Kamen da schon Andreas und Angela? Sie waren vorhin zusammen fortgegangen, so wie die beiden Kleinen. Mutter hatte den zwei Paaren nachgesehen, nachdenklich.

Nein, das war nicht Angelas Schritt. Aber Andreas war es.

»Mutter«, sagte er, die Tür offen haltend für Onkel Pan, der bescheiden und mit einem glücklichen Lächeln in dem schmalen, faltigen Gesicht eintrat, »Mutter, ich hab Onkel Pan gleich mitgebracht. Er wollte diesmal erst später, erst nach der Bescherung, kommen, aber ich sagte ihm, das käme gar nicht in Frage …«

Er nötigte den alten Herrn auf den zweiten Küchenstuhl, Mutters Platz gegenüber, und nahm ihm den dünnen und abgeschabten Mantel ab. »So, und nun rauchen wir erst eine, bis die andern hier sind.«

Mutter sah zu, wie die beiden Männer ihre Zigaretten anzündeten. Andreas rauchte also – natürlich, die meisten jungen Männer taten das heutzutage (und Vater hatte es auch getan). Mutter lächelte. Es roch so süß, wie sich dieser Rauch mit dem bitteren Duft der Tanne im Tonkrug vermischte, es roch – wie damals …

»Hoffentlich kommen nun die andern bald«, sagte sie, ohne Andreas anzusehen. Seine Hand war ein wenig fahrig, wie er die Asche abstrich. Freilich, er hatte ja eigenmächtig gehandelt.

Draußen stürmte ein junger Schritt heran, Angelas Schritt. Sie kam allein. Mutter blickte nach der Tür. Wenn sie jetzt hereinspränge und riefe: »Die wären wir los!«, oder etwas Ähnliches? Kinder und junge Menschen sind unbedacht.

»Mutter, komm mal schnell heraus – ach, Onkel Pan«, unterbrach sie sich, lief zu dem alten Herrn und machte in ihrer Verwirrung einen ganz kindlichen Knicks. »Kann ich dich mal allein sprechen? Bitte! Nicht wahr, Weihnachten darf man doch …« Sie zog Mutter mit sich in den Flur. Dort, im Dunkeln, fühlte sich Mutter hastig und ungeschickt umarmt.

»Mutter, du, ich habe sie doch eingeladen. Oder besser – ja, ich konnte nicht anders. Sie strahlte mir so entgegen, als ich kam, und zeigte mir, was sie für die Kleinen hat. Bis jetzt hätten wir ihr immer geschenkt, aber dies Jahr habe sie etwas für jeden. Es ist nicht nur deshalb, Mutter, glaub mir – aber ich konnte nicht. Ich *konnte* einfach nicht. Was werden nun die andern sagen?«, flüsterte sie nach einer kurzen Pause unsicher.

»Andreas hat Onkel Pan ja auch mitgebracht«, sagte Mutter schnell und drückte Angelas Gesicht an sich. Sie hat *doch* ein warmes Herz, ein Herz voller Verständnis für andere, nicht nur einen klaren Verstand und einen starken Willen.

»Komm jetzt herein, Angela, wir warten noch auf die Kleinen.«

Sie warteten lange, unendlich lange, so schien es. Mutter wurde sehr unruhig. Ihre Kleinen, was mochten sie ausgerichtet haben in diesem merkwürdigen Kampf zwischen Eigen- und Nächstenliebe? Vielleicht war es falsch gewesen, nicht *ein* Kind zu allen Geladenen zu schicken.

»Wir gehen ihnen entgegen«, sagte sie in einem plötzlichen Entschluss. Ihr war mit einem Mal angst um ihre beiden Jüngsten. Andreas und – ja, auch Angela waren so gut wie erwachsen. Ihnen konnte man Entscheidungen anvertrauen. Aber eine Zwölfjährige und ein Zehnjähriger?

»Ich gehe mit, Mutter«, sagte Angela rasch.

Nebeneinander liefen sie die Treppe hinunter.

Doch auf der untersten Treppenstufe saßen sie schon, Annemone und Anselm, und sahen, als Mutter und Angela zu ihnen traten, unsicher auf.

»Was macht ihr denn hier?«, fragte Mutter.

Annemone guckte von unten her, ihre hellen, dunkelgesäumten Augen hatten etwas versteckt Flehendes. »Wir sind eben erst zurück«, sagte sie. Es klang gepresst.

Mutter setzte sich rasch zu ihr.

»Und? Was haben Krauses gesagt?«, fragte sie atemlos. Ihr Herz klopfte stürmisch. Wenn ich das erlebe, wenn alle meine Kinder …

Nein. Ach nein. Man soll nicht zu viel wünschen.

»Wir waren gar nicht dort. Ich habe es nicht fertiggebracht«, würgte Annemone heraus. »Wir haben so lange vor der Tür gestanden, aber ich konnte nicht. Und Anselm, der tut ja *nie* was –«

»Lass Anselm aus dem Spiel«, sagte Mutter bedrückt und legte den andern Arm um den Jungen. Was sollte man tun? Sie seufzte.

»Andreas und Angela haben Onkel

Pan und Frau Kienel nun *doch* eingeladen«, sagte sie dann und stand auf, »kommt, wir können hier nicht sitzen bleiben. Ich hatte gehofft …« Sie verstummte.

Angela hatte Anselm an der Hand emporgezogen und putzte ihm den Hosenboden ab. Zu viert stiegen sie die Treppe hinauf, langsam. »Vielleicht kommen sie von selbst?«, sagte Angela, als sie oben angelangt waren. »Du hast sie doch jedes Jahr eingeladen, und die Kleinen haben ja nicht abgesagt.«

Um acht war Christnacht. Bis dahin hatten sich die Kleinen meist müde gespielt und gefreut, und sie konnten sich, erst durch die nächtliche Stille der Straßen geführt, ein wenig besinnen. Mutter hatte diese Einteilung des Heiligen Abends immer schön gefunden. Ein Kind, das zittert und gespannt ist auf das größte Ereignis des Jahres, kann nicht aufmerksam in der Kirche sein. Es wartet nur, bis der Gottesdienst zu Ende ist und es dann endlich, endlich heim darf. Aber die schönsten und feierlichsten Worte der Welt *nach* dem großen, seligmachenden Glück, oh, sie fielen nicht daneben. Immer hatte Mutter bei diesem stillen Gang die Hände ihrer Jüngsten rechts und links gefasst gehabt. Heute nicht. Beim Aufbruch war es ein bisschen hastig zugegangen, und als sie auf der Straße standen, fühlte sich Mutter diesmal von ihren beiden Großen rechts und links untergehakt.

Sie sah sich um.

»Und die beiden Kleinen?«

»Kommen«, berichtete Angela schnell und beruhigend. »Heute sind wir mal dran, Andreas und ich.«

Onkel Pan ging mit, während Frau Kienel wie jedes Jahr zu Hause blieb. »Einer muss doch darauf achten, dass nichts anbrennt«, sagte sie – wie jedes Jahr.

Die Nacht war mondlos und sternenklar. Wieder eine Weihnachtsnacht, nun die zehnte, seit Vater nicht mehr lebte. Noch nie war es Mutter so klar gewesen wie jetzt, dass die Kinder größer wurden, erwachsen, es vielleicht schon waren. War das ein Grund, traurig zu sein? Ach ja, gerade an Weihnachten wünschte man sich eben doch Kinder, Kinderherzen, Kinderaugen. Aber in einer Art war es auch schön.

Sie traten in die Kirche und setzten sich auf ihre altgewohnten Plätze. Mutter wurde unruhig. Die Kleinen!

Angela presste ihren Arm. »Du sollst dich nicht sorgen, Mutter«, flüsterte sie eindringlich. »Hörst du? Sie sind doch keine Babys mehr.«

Mutter sah ihre große Tochter an. Angelas Augen blinzelten zu ihr. Ich darf nichts sagen, verstehst du denn nicht?, verrieten sie in einer winzigen Sekunde. Da lachte die Mutter und drückte ihren Arm. In diesem Augenblick setzte die Orgel ein, brausend, mitreißend. Mutter war es, als schwimme ihr Herz in einem großen Strom aufwärts, in ein leuchtendes, loderndes, rotgoldenes Wolkentor hinein …

Die Predigt war gerade zu Ende und die Gemeinde setzte zu dem gemeinsamen Lied ›O du fröhliche‹ an, als sich zwei halbgroße Gestalten in die Kirchenbank drängten, in der Mutter, Onkel Pan und die beiden Großen saßen. Angela stand leise auf und ließ Anselm an Mutters Seite. Sie sah auf sein Gesicht hinunter, fragend, dann lächelte sie. Es war so strahlend – er schob sich an sie heran.

»Mutter …«

»Nachher!«, flüsterte Mutter und hielt seine Hand fest in ihrer.

Annemone trat ihm wütend auf den Fuß. »Wirst du wohl! Wir haben doch ausgemacht, wir erzählen es hinterher, und *zusammen* …«

Ach, nun wurde es doch nicht mehr sehr viel mit der Andacht. Mutter spürte, wie es in ihren beiden Jüngsten kribbelte vor Unruhe, aber sie sah auch genau, wie ihre Augen glänzten. »Freue, freue dich, o Christenheit.« Nein, es war eine *gute* Unruhe, die diese beiden kleinen Herzen erfüllte.

»So, nun könnt ihr erzählen«, sagte sie, als sie die Kirche verlassen hatten. Diesmal hingen Anselm und Annemone rechts und links an ihrem Arm.

»Ja, denk, Mutter, wir waren doch noch dort …«

»Weil sie ja nicht gekommen waren …«

»Anselm hat gesagt, wir wollen ihnen unsere bunten Teller bringen und einen Zweig mit Lametta und Lichtern …«

»Ja, das hat er sich selbst ausgedacht«, schaltete sich hier Angela ein.

Mutter fühlte wieder, dass dieses Kind eben doch mehr war als nur ein Kind. Angela kam sich verantwortlich vor für die Kleinen, nicht nur für ihre sauberen Hände und ordentliche Schularbeiten, sondern auch für ihr Handeln. Ach, lieber Gott, ja …

»Und ihnen was singen! Vor der Tür. Weil sie doch immer darum baten, wenn sie bei uns waren«, sprudelte Annemone weiter. Annemone, die sich doch am Morgen so empört verwahrt hatte, dass sie »immer singen« müssten.

»Ja, stell dir vor, und da kamen sie gleich heraus. Und wir konnten gar nicht mal weitersingen, und sie haben beide geweint und gelacht. Und uns um den Hals gefasst und gebeten, wir sollten doch nicht böse sein, dass sie diesmal nicht kämen, bitte, bitte, aber sie hätten Besuch. Einen Neffen, den Sohn ihres Bruders, von dem sie immer gedacht hätten, er lebte nicht mehr, und nun ist er bei ihnen, gerade heute gekommen, und sie waren ganz auseinander und verwirrt und so, so glücklich!«

»Und unsere bunten Teller kämen ihnen so zupasse. Er habe immer Hunger, und gerade auf Süßes«, sagte Anselm eifrig, »und ich bringe ihnen auch noch meine Tafel Schokolade. Und Stollen will ich dies Jahr überhaupt keinen essen. Darf ich alles, was ich sonst gegessen hätte, zu Krauses bringen? Er hat viele Jahre gar nichts Süßes gekriegt und weiß schon gar nicht mehr, wie das schmeckt«, setzte er tief mitleidig hinzu.

Die Mutter lachte. Sie sagte nichts. Sie presste die Arme ihrer beiden Jüngsten an sich und lachte und ließ, in der Dunkelheit der Weihnachtsnacht, die Tränen über die Wangen laufen. Nun war doch das große Weihnachtsglück zu ihr gekommen, das uneingeschränkte, ganze. Ach, es leuchtete aus vier jungen Augenpaaren, und in denen des alten, stillen Herrn an ihrer Seite spiegelte es sich wider. Und zu Hause wartete eine liebe, kleine, gute Frau »aus unserer Gegend« und hatte inzwischen zusammengeräumt und den Tisch neu gedeckt. Frauen sind ja nur dann glücklich, wenn sie für andere die Hände rühren dürfen. Und es war warm und hell und festlich im Zimmer.

Und in jenem Zimmer der zwei alten Schwestern, an die sie heute den ganzen Tag nur mit wehem Herzen gedacht hatte, war eine ganz große Weihnachtsfreude eingekehrt, eine größere, als Menschen sie je hätten geben können. Einer hatte es gut gemeint, nicht nur mit den zwei alten Fräulein, sondern auch mit diesen beiden jungen Kindern hier, die erst nichts hatten abgeben wollen von ihrem Glück und das dann bitter bereuten. Es war ihnen erspart geblieben, lebenslang denken zu müssen: Damals habt ihr zwei Herzen um einen Weihnachtsabend betrogen. Ob sie sich dessen bewusst waren?

»Weißt du, Mutter, der liebe Gott hat es doch sehr gescheit gemacht«, sagte Anselm in diesem Augenblick verträumt und sah in die Sterne, während er so an Mutters Arm dahin ging, »wenn wir nicht noch hingegangen wären, hätten die Fräulein Krause den ganzen Abend ein schlechtes Gewissen gehabt, dass sie uns keine Nachricht gaben. Aber noch zu uns zu laufen, das hätten sie nicht fertiggebracht, sagten sie«, erzählte er leise.

»Und ihr? Hättet ihr nicht auch ein schlechtes Gewissen gehabt?«, fragte Mutter ebenso.

»Hätten? Wir *hatten!*«, platzte Annemone heraus. »Aber nun ist alles gut, Mutter, ja? Nun dürfen wir alle froh sein, *ganz* froh, nicht wahr?«

»Ja«, bestätigte Mutter leise. »Vater würde das auch finden.« Und wenn Mutter das sagte, dann war für die Kinder, die großen und die kleinen, alles gut. Dann war es wirklich Weihnachten.

# Rosemarie Marschner
# im dtv großdruck

Rosemarie Marschner

**Das Bücherzimmer**

Roman

ISBN 978-3-423-**25311**-6

Österreich in den Dreißigerjahren: Ein uneheliches Kind hat es nicht leicht, und die vierzehnjährige Marie muss froh sein, dass sie Dienstmädchen in der großen Stadt Linz werden darf. Dort ist ihr Leben geprägt von harter Arbeit und strengen Regeln. Eines Tages lernt sie den Franz kennen. Das junge Paar heiratet, die Hochzeitsreise führt nach Wien, und nun könnte eigentlich alles gut werden, wenn da nicht die Politik wäre. Man schreibt das Jahr 1938, Österreich ist annektiert worden …

**Die bewegende Geschichte einer selbstbewussten starken Frau vor dem Hintergrund einer widrigen Zeit.**

Bitte besuchen Sie uns im Internet: www.dtv.de

## Una Troy im dtv großdruck

**Wir sind sieben**
Roman
Übersetzt von Dorothea Gotfurt
ISBN 978-3-423-**25296**-6

Eine Mutter, sieben Kinder und verschiedene Väter – das sorgt für Unruhe im Dorf.

**Mutter macht Geschichten**
Roman
Übersetzt von Susanne Lepsius
ISBN 978-3-423-**25166**-2

Für die frisch verwitwete Elsie beginnt ein turbulentes Leben. »Ein Buch voller Komik.« (Hamburger Abendblatt)

**Läuft doch prima, Frau Doktor!**
Roman
Übersetzt von Fred Schmitz
ISBN 978-3-423-**25247**-8

Ann Morgan ist Ärztin auf einer kleinen irischen Insel. – »So richtig zum Entspannen.« (Buchprofile)

Bitte besuchen Sie uns im Internet: www.dtv.de